CORTOMALTESE

科多·馬提斯 *CORTOMALTESE* 鹹海敘事曲

原文書名	Una ballata del mare salato
作　者	雨果·帕特（Hugo Pratt）
譯　者	陳文瑤

總 編 輯	王秀婷
責任編輯	李　華
美術編輯	于　靖
校　對	羅仔伶
版　權	徐昉驊
行銷業務	黃明雪

發 行 人	凃玉雲
出　版	積木文化
	104台北市民生東路二段141號5樓
	電話：(02) 2500-7696｜傳真：(02) 2500-1953
	官方部落格：www.cubepress.com.tw
	讀者服務信箱：service_cube@hmg.com.tw
發　行	英屬蓋曼群島商家庭傳媒股份有限公司城邦分公司
	台北市民生東路二段141號11樓
	讀者服務專線：(02)25007718-9｜24小時傳真專線：(02)25001990-1
	服務時間：週一至週五09:30-12:00、13:30-17:00
	郵撥：19863813｜戶名：書虫股份有限公司
	網站：城邦讀書花園｜網址：www.cite.com.tw
香港發行所	城邦（香港）出版集團有限公司
	香港灣仔駱克道193號東超商業中心1樓
	電話：+852-25086231｜傳真：+852-25789337
	電子信箱：hkcite@biznetvigator.com
馬新發行所	城邦（馬新）出版集團 Cite（M）Sdn Bhd
	41, Jalan Radin Anum, Bandar Baru Sri Petaling, 57000 Kuala Lumpur, Malaysia.
	電話：(603) 90578822｜傳真：(603) 90576622
	電子信箱：cite@cite.com.my

製版印刷　上晴彩色印刷製版有限公司

城邦讀書花園
www.cite.com.tw

2022 年 5 月 31 日　初版一刷
售　價／NT$750　首刷印量／1800本
ISBN 978-986-459-408-5

Printed in Taiwan.

有著作權·不可侵害

本書獲法國在台協會《胡品清出版補助計劃》支持出版。
Cet ouvrage, publié dans le cadre du Programme d'Aide à la Publication « Hu Pinching », bénéficie du soutien du Bureau Français de Taipei.

科多·馬提斯

CORTOMALTESE

鹹海敘事曲

漫畫——雨果·帕特
翻譯——陳文瑤

積木文化

從開始畫《鹹海敘事曲》以來，近二十年過去了，但距離我開始閱讀亨利·史塔克普爾（Henry de Vere Stacpoole）已然過了更久。這位作家不怎麼有名，好在有松佐尼奧出版社（Sonzogno）的「浪漫」書系收容了他，那個書系主打義大利大眾文學。史塔克普爾出生在都柏林，是牧師之子。他學醫，也擔任過簡易法庭的法官；他向來做什麼都可有可無，卻成功在 1909 年寫出一篇優秀的小說《藍色珊瑚礁》，一則關於兩個不曉得自己必死無疑的孩子，與一名對情勢了然於心的醉鬼老水手的故事。我生平第一次愛上南太平洋就是因為這位作家，而不是因為史蒂文森（Robert Louis Stevenson），亦非康拉德（Joseph Conrad）或梅爾維爾（Herman Melville）*。科多·馬提斯首次登場的這首敘事曲，便是獻給史塔克普爾。

雨果·帕特

獻詞，1989 年版

譯註：史蒂文森（1850~1894），英國蘇格蘭作家、旅行家，知名作品《金銀島》，並著有《在南太平洋》文集；康拉德（1857~1924），波蘭裔英國小說家，曾任海員，知名作品《黑暗之心》，梅爾維爾（1819~1891），美國小說家、詩人，曾任水手、教師，知名作品《白鯨記》，這三位作家的共同特色，是都曾在作品裡描繪過南太平洋。

大日本帝國海軍

東加

（英國）女王陛下的軍隊

埃斯康迪塔島
（Escondida）
美拉尼西亞士兵

身穿英國制服的
巴布亞憲兵

斐濟防衛隊

蘇祿群島
（Sulu）

斐濟
瓦努阿島
（Vanua Levu）

蒂科皮亞島
（Tikopia）

瓦尼柯羅島
（Vanikoro）

馬拉尼西亞人

加羅林群島
密克羅尼西亞
（Micronesia）
原住民

馬拉尼西亞群島
同語族
（Wantoks）
親族部落

雅浦島
（Waqab）

索羅門群島
圖拉吉島（Tulagi）
原住民
（已消失）

修恩灣
（Huon）
巴布亞人

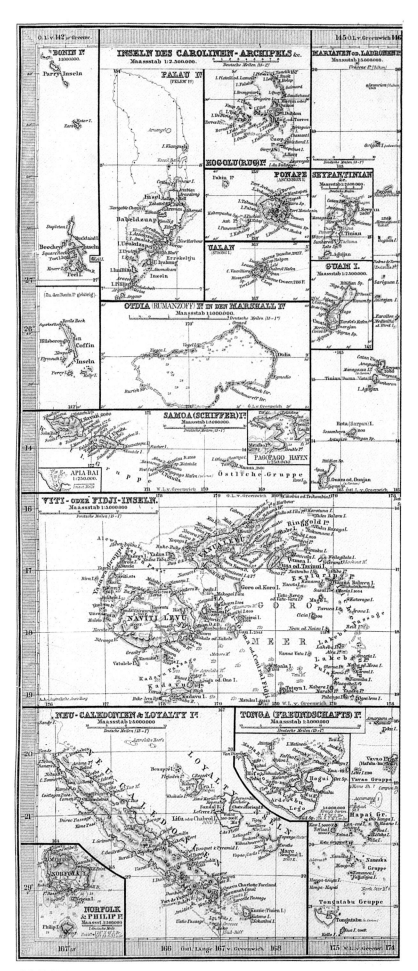

《施蒂勒世界地圖集》（Stieler's Hand-atlas）

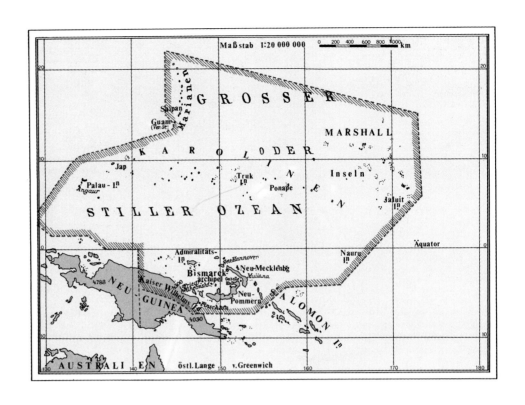

導讀：科多‧馬提斯或未竟的地理學

　　真是不簡單。雨果‧帕特在簡短的引言裡，提到自己對南太平洋之所以感興趣，是從亨利‧德‧維爾‧史塔克普爾的《藍色珊瑚礁》而來——我腦中立即浮現那部同名電影，其場景亦在斐濟群島，但**原則上**，與科多‧馬提斯毫無關聯。不過，有又何妨？托馬斯‧莫頓（Thomas Merton）說得好，他因為讀了喬伊斯（James Joyce）《青年藝術家的畫像》（*A Portrait of the Artist as a Young Man*）揚棄基督教信仰的段落，而成為天主教徒。我不相信作家，他們經常撒謊，我寧願仰賴文本。剛好，《鹹海敘事曲》裡的人物皆有各自的閱讀。某個時刻，我們看到潘朵拉慵懶地靠在梅爾維爾的作品全集上，當時該隱正讀著柯立芝（Samuel Taylor Coleridge）。這作家也寫過一首敘事曲，主角是個老水手；不過，該隱讀的是義大利文譯本。這本詩集和梅爾維爾那些作品是他在那艘德國潛艦上找到的（它們都是施魯特的藏書，施魯特在臨死前，把一本里爾克和雪萊詩集留在埃斯康迪塔島；而該隱在故事尾聲還引用了尤里比底斯）。此外，要是我們注意到卡尼歐跟維提島的一位印度律師學過法律，且他談起毛利神話與馬拉尼西亞政治社會學的時候，彷彿有個瑪格麗特‧米德（Margareth Mead，二十世紀美國人類學家）在替他背書，我們即會意識到，帕特筆下的人物可能都比作者本身更具文化涵養。如何衡量這些人物在閱讀時浮現的模糊記憶是出自偶然，抑或一種風格的選擇？卡尼歐還說得過去，畢竟他是個秉性善良的男孩。但是，連哈斯普汀這種卑鄙的傢伙也看書，而且還是法文書！一開始在第七格畫面，他讀著布干維爾（Louis Antoine de Bougainville）寫的《跟著國王戰艦「拉布德斯」與「星辰號」環遊世界》（*Voyage autour du monde par la frégate du roi « La Boudeuse » et la flûte « L'Étoile »*）[1]。我敢肯定那不是 1771 年未署名的初版，因為哈斯普汀手上那本封面有作者的名字。由於這兩個版本都是四開本，哈斯普汀擁有的也可能是後來才加以精裝的原版。然而任由這樣一份珍本飽受浪花與溼氣的侵襲豈不太可惜了？加上從第六格書頁上的三欄版型看來，這比較像是十八世紀的一般版。

譯註1：布干維爾（1729~1811）是法國海軍上將，在國王路易十五的支持下，帶著大批科學家、天文學家、植物學家，展開 1766 至 1769 為期三年探索世界航海之旅。《跟著國王戰艦「拉布德斯」與「星辰號」環遊世界》一書是真實的航海探險日記，巴布亞紐幾內亞的布干維爾島便是因他而得名。

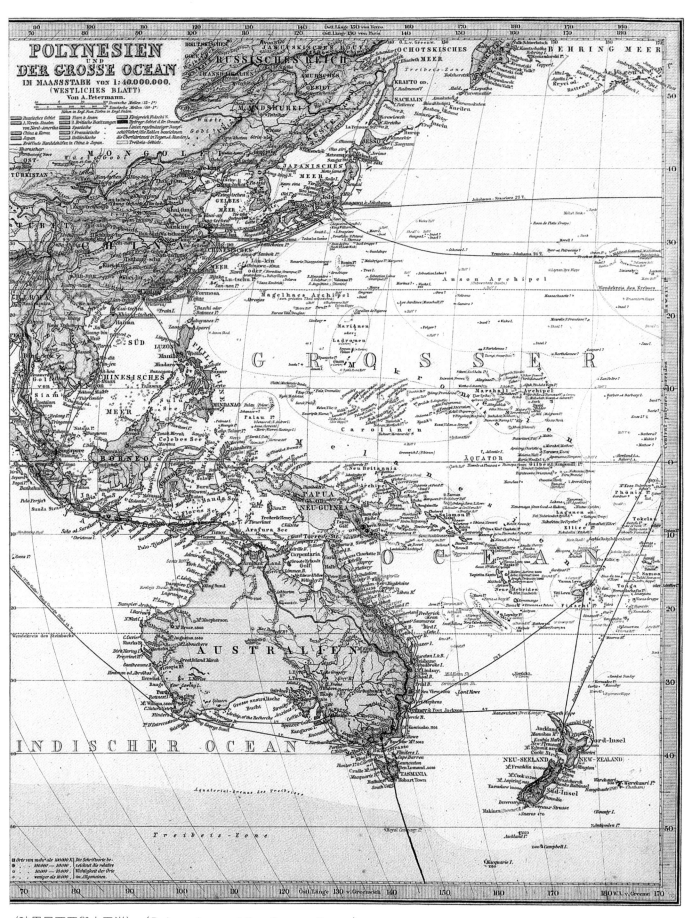

〈玻里尼西亞與太平洋〉（*Polynesien und Der Grosse Ocean*）

德國尤斯圖・佩爾特斯出版社（Justus Perthes），哥達鎮（Gotha），1875 年。

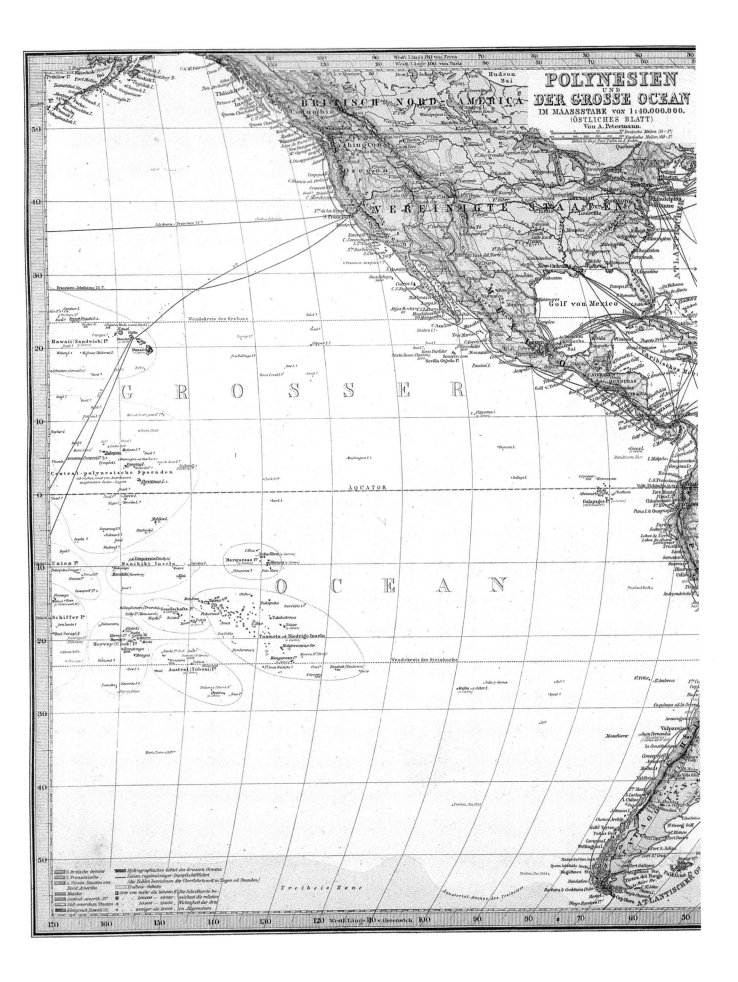

POLYNESIEN
UND
DER GROSSE OCEAN
IM MAASSTABE VON 1:40.000.000.
(ÖSTLICHES BLATT)
Von A. Petermann.

哈斯普汀手上那本書正看到一半左右。不管內頁排版如何，目前應該落在第五章：「自基克拉澤斯群島航行；發現路易西亞德灣……泊岸於新不列顛島。」哈斯普汀進行的並不是一場文學漫遊，他在查看、研究自己身在何處，因為他要前往的德國基地位於新波美拉尼亞（Nouvelle Poméranie）——這座島不在別的地方，它正是布干維爾口中的「新不列顛」（Nouvelle Bretagne）。當然，在這個章節，布干維爾會碰到活脫脫就是從《鹹海敘事曲》裡冒出來的獨木舟和野人（難道不是嗎），但只要查閱布氏附在「序論」之前那張精彩的地圖，便會發現幾個疑點。

布干維爾的地圖與帕特在下一頁所畫的地圖毫無雷同之處。作者在此顯示出他掌握的資訊多過他創造的角色。但這角色可沒有讀《鹹海敘事曲》，他讀的是布干維爾。只不過，如果哈斯普汀依照布干維爾的地圖，以為他距離新波美拉尼亞不遠，他不會想到自己其實身在索羅門群島海域，因為布干維爾畫的索羅門群島更靠近東邊（差不多是在斐濟群島那一帶，換言之，經度大概多了 20 度、緯度多了 10 度）。反之，要是哈斯普汀有辦法，不管根據直覺，或運用 1913 年追逐風浪的水手不可或缺的種種儀器，得知帕特那些了然於心與說給讀者聽的事，亦即他是在 155 度線（我會說是東經）和南緯 6 度線救了該隱和潘朵拉；那麼，他參考布干維爾的資料，就會斷定他們靠近舒瓦瑟灣，距離（他正讀到的）路易西亞德群島頗近，可是離索羅門群島非常遠（這才是他們的所在位置，

但他們渾然不覺）。你們會說就情節進行來看，上述這些不是太重要，此言差矣：不久之後，荷蘭人的船便遇上哈斯普汀的雙體船，那些官員和斐濟水手最先注意到的，是這艘雙體船看來明明跟斐濟當地的船沒兩樣，竟然偏離斐濟人習慣的航線這麼遠，因為當地人通常往東南方去。而且，就像接下來我們看到的，他們還真應該這麼走才對，因為修士之島正位於東南方（更遙遠的東南方）。你們又會說，那可不是哈斯普汀的目的地，他要去的是德屬凱瑟琳娜。但他儘管抵達目的地，也不清楚自己在哪裡……就算他知道好了！看看他那無可救藥的情緒化，一時若失去理智也不為過。別忘了即使是布干維爾，他要把索羅門群島安在地圖上那個錯誤位置時，也有諸多猶豫，而註明「索羅門群島，其存在及位置有待商榷」。

但布干維爾的失誤著實情有可原。阿爾瓦羅‧薩維德拉（Álvaro de Saavedra）在 1528 年已率領遠征隊尋找這些傳說中的島嶼，期望找到那位和島嶼同名的所羅門王寶藏，然他最多只到馬爾紹和阿德米拉提群島一帶。1568 年，曼達納（Álvaro de Mendaña）成功發現索羅門群島並加以命名，但繼他之後，再也無人

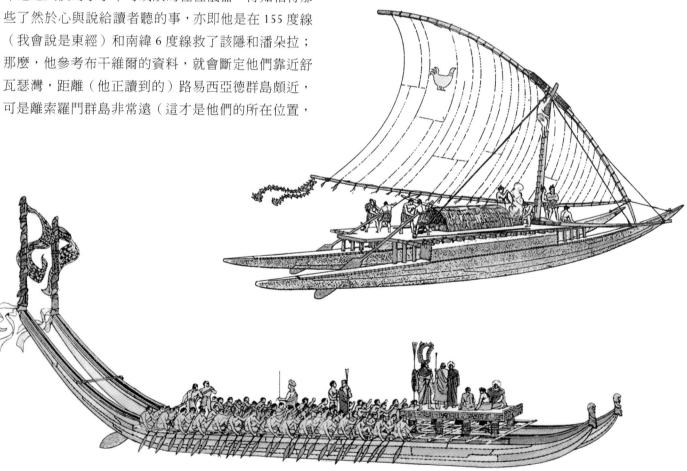

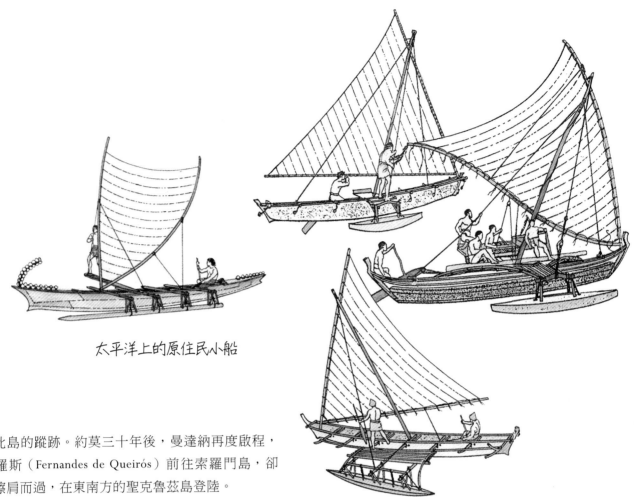

太平洋上的原住民小船

覓得此島的蹤跡。約莫三十年後，曼達納再度啟程，與基羅斯（Fernandes de Queirós）前往索羅門島，卻與之擦肩而過，在東南方的聖克魯茲島登陸。

　　自此以後，太平洋的探險史便是一場在群島、珊瑚礁構築的天險與大陸之間的狂舞，由一群總是找不到他們想要的陸地、不斷混淆經度的人所造就（至少在約翰・哈里森發明航海鐘之前皆如此）。這些嗜海如命的競逐者持續追著那個無形的震央，遍尋不著、彷彿蒸發了的索羅門群島。比如 1643 年啟程尋找這座群島的塔斯曼（Abel Tasman）：他先在塔斯馬尼亞（Tasmanisa）暫歇（在此停留已是嚴重的偏航），標記出紐西蘭，行經東加，掠過斐濟，但他僅辨識出幾座小島，他沒有停下來，直接航行至新幾內亞沿岸。總歸一句，哈斯普汀其實應該採用他那個時代的德國地圖，繪製精美，在這個版本的附圖可看到。只是他執意要從布干維爾身上找尋線索，然索羅門群島之於布氏仍只是個夢，於是前人懷抱嚮往所造成的失誤，便繼續影響著後人的行事。

　　試著為我解釋一下吧，何以科多必須在新波美拉尼亞極西點，換言之，就是要朝著西邊航行，來找到施魯特（他擁有加隆艦長繪製的絕美地圖）那艘潛艦？他的出發地明明是凱瑟琳娜，再說，這艘潛艦的

目的地是埃斯康迪塔島！

　　修士的埃斯康迪塔島在何處？該隱說，修士的王國從吉爾伯特群島延伸到背風群島。聽來煞有其事，不過，一個尤里比底斯和柯立芝的年輕讀者應該要知道吉爾伯特群島位於斐濟北方，在赤道上，屬於密克羅尼西亞島群，而背風群島在安地列斯群島[2]。的確，麥哲倫之屬的探險家可以展開這樣的旅行，但一生也僅此一次，且終究死在途中。想把統治之手從吉爾貝特群島延伸到背風群島，可是艱鉅的任務。修士的王國與其說是地理學上的存在，毋寧說是神話學。

　　現在讓我們來比對帕特的文本和迪亞哥（De Agostini）的地圖。直到最後，帕特才不得已承認：埃斯康迪塔藏在西經 169 度、南緯 19 度。所以它應該位於東加群島和庫克群島之間。那位要前往東加，卻往新幾內亞航行的德國海軍軍官還說過（以下是他的原話）：「我們很快就會抵達埃斯康迪塔了。」（其實還差五千公里遠）然而他只是個混淆了空間座標，掉入哈斯普汀設下的陷阱的夢想家。

譯註2：在這裡，序者可能忽略了一件事，即該隱指的也可能是法屬玻里尼西亞背風群島，位於吉爾伯特群島的東南方。

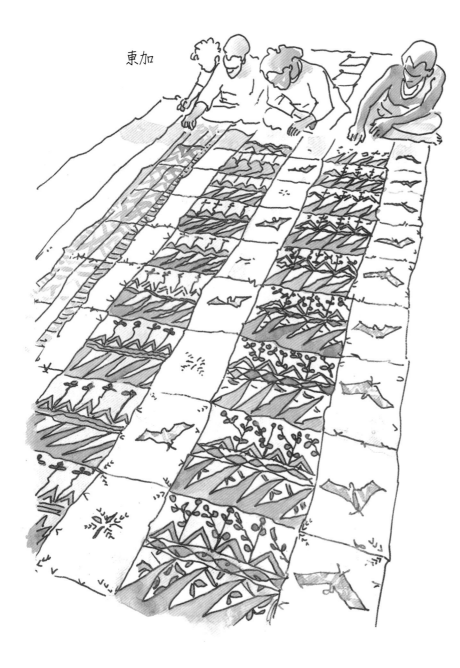

東加

安加羅什

事實是，哈斯普汀、帕特，或他們這兩個人，還同時極力模糊時間座標。

讀者只有仔細閱讀後，才會得知該隱和潘朵拉是在 1913 年 11 月 1 日落入哈斯普汀手裡，而他們一行人在 1914 年 8 月 4 日之後才抵達埃斯康迪塔島（修士在此時通知眾人戰爭爆發了）──說來大約是在 9 月到 10 月下旬之間，英國人登場的時候。在兩頁柯立芝和三次與施魯特的交談中，一年過去了，而潛艦在這段期間，伴隨著十七世紀的海盜、老水手和亞哈船長對偏航漂流那百無聊賴的好奇心與渴望，走過一條條身分未明的航線。

《鹹海敘事曲》裡的所有人物，乃至德國海軍軍官，旅行在定位模糊的群島間，彷彿在葛羅斯維諾家族的系譜分支上遊走，驚愕連連，而不曾觸及目的地。他們不像塔奧（唯一堪稱能直線前進，並抵達他想要的確切位置的人）懂得跟隨鯊魚。他們與地理上的真相擦身時，渾然不覺。然而真相明明在這裡，在潘朵拉的名字裡：介於斐濟與新赫布里群島之間，有著潘朵拉盆地，其邊界延伸出亞薩瓦群島；藍色珊瑚礁就在那裡，在亞薩瓦。潘朵拉是地圖繪製術的象徵，《鹹海敘事曲》裡沒有任何一個角色掌握這樣的知識。哈斯普汀只讀布干維爾，帕特只讀史塔克普爾，而文本一如往常，知道的比誰都來得多。

故事伴隨海上航線的節奏發展，包括對彼此開槍後墜入愛河、或是為了友情互相殘殺的人物心理分析；他們失控，或在每一頁又重新塑造出一張完整的病

歷，一份完整的系譜。這種種既不是為了讓我們得知修士的真正身分（我不相信施魯特給的那些重構的事實，太過詳細了），也不是為了清楚哪一張才是他的臉，如果在這麼多張裡真有一張的話；哈斯普汀從哪裡來；該隱為什麼要叫這個名字，也許與拜倫（George Gordon Byron）有關[3]。尤其，我們對於科多所知甚少，儘管接下來的故事將會說明一切，包括他母親都會提到。而圖畫部分也充滿不確定性：科多在這裡還未擁有後來那些根本、明確的形貌線條，其實用不著等到最後那幾冊（最後幾冊他顯得更年輕、唯美如天使），其輪廓在他瀟灑遊走威尼斯潟湖、巴西、愛爾蘭和西伯利亞鐵路廣漠大地之際，在這一路成熟歷練的英雄事蹟中已然成形。

法艾特環礁
（Faaite）
土亞莫土群島
（Tuamotu）

拉羅湯加島
（Rarotonga）
庫克群島

草裙舞

若說，如今科多·馬提斯這個人物具有極高的辨識度，在《鹹海敘事曲》時代的他，則仍在尋覓自我。他不關心自己的出身（科多就這麼突然地出現在我們眼前，全身被綑綁，在海上漂流，一如《布倫丹遊記》裡的猶大），也不清楚自己的心理狀態。無論科多或帕特，對於透過一格又一格畫面勾勒而出，跟著故事進展，從幾筆基本特徵到充滿無數頓挫皺紋的臉孔，都不太有把握。顯然，日後我們會忘記科多以神祕、謎一般的完美之姿現身的那些故事；反而記得在《鹹海敘事曲》裡，他所活出的不完美。這就是何以這個故事在科多的首批讀者心中，堪稱一場事件，一種以漫畫呈現的文學新典範，而埃斯康迪塔島具備了敘事世界之規模的原因。在此，以實瑪利可以與曼德維爾（Mandeville）混淆，太平洋與祭司王約翰的國度接壤，地理上的地圖反駁那些嚙囓空間輪廓而非明確描述它的文字。在此，平行線可以糾纏交錯，地圖集變身為未必可靠的波特蘭海圖，而一個幾乎是中世紀的修士，隨著陣陣信風更顯尊貴，足以配戴一只十人議會的標誌。

譯註3：拜倫（1788~1824）著名的詩劇《該隱》，於1821年出版。

我一直認為，人物（不是主角那就是配角），會反映出作者的樣貌。熟悉阿爾·凱普（Al Capp）、菲佛（Jules Feiffer）、舒茲（Charles M. Schulz）或雅各維蒂（Benito Jacovitti）的讀者很清楚（菲爾·戴維斯是第一個直接替魔術師曼德拉畫上李·福克的臉的作者，要不，難道李·福克自己的臉是根據菲爾·戴維斯的指示塑造而來）？至於誰是帕特，我原本壓根沒想到。直到那天，不曉得是出席某個活動或是哪本書的發表會，我在米蘭的頂樓酒吧（Terrazza Martini）遇到帕特。我告訴我女兒：這就是帕特。當時她年紀還很小，卻已經看過帕特的作品；女兒小聲在我耳邊說：帕特，就是科多·馬提斯。真相總是出自孩童之口。當然，帕特沒有科多那樣的修長體態，但仔細端詳，從側面望去，我必須承認還真有幾分像：鼻子的形狀，或嘴唇吧。的確，帕特不是《鹹海敘事曲》裡的科多，但或許是最後那幾則故事中深具魔力，當時帕特還未認識的那個科多……帕特還在找尋自我（他拿著筆，做著夢，自忖到底想變成誰──現在他知道了：精靈吧）。找尋自我，且為了追逐他的夢而漂泊。

文本即是這樣成就了流浪。而神話在轉化時間與空間的薄霧裡誕生。人物於是試圖移居到其他文本，以所謂原生來占據我們記憶中的位置，彷彿他們一直以來便存在我們祖先的記憶中，如同瑪土撒拉（Mathusalem）般年輕，如彼得潘已活了千年[4]。因而讓我們（至少，孩子都擁有這種天分）經常在不是講述其故事的地方發現他們，甚至，是在生活裡察覺。

安伯托·艾可
1991 年版導讀

導讀者簡介

安伯托·艾可（Umberto Eco, 1932~2016），義大利小說家、文學評論家、哲學家及歷史學家，也是全球知名的符號學權威，知識淵博，學術研究範圍廣泛。著名作品有《美的歷史》、《醜的歷史》、《無盡的名單》、《玫瑰的名字》、《傅科擺》等。

新愛爾蘭島

雅蒲島

新喬治亞島

納莫魯克環礁
（Namoluk）

馬拉庫拉島
（Malekula）

彭特科斯特島
（Pentecost）

斐濟

薩摩亞
（Samoa）

譯註4：實際上我們是以瑪土撒拉作為長壽的象徵，因為傳說中他是亞當的第七代子孫，在世上活了 969 年，而彼得潘的形象是永遠年輕。

親愛的朋友：

這封信是為了告訴您，我將我舅舅該隱·葛羅斯維諾的手稿、施魯特那艘潛艦上的艦長航海日誌，以及屬於加隆艦長的兩張航海地圖都託付給了帕特先生。我在我父親那些舊地圖和書堆中所能找到的就這些了，除了一封舅舅的堂姊潘朵拉·葛羅斯維諾寫的信，我想自己留著。這封信跟您打算出版的故事沒有太大的關連，但對我來說別具情感上的意義。不過，信裡有個小段落或許您會感興趣，我將它抄錄如下：

「……要是你看到該隱，提醒他別忘了把我惦記的那些信寄來。告訴他孩子們都很好，帕梅拉老是嚷著要找他。我們也很好，只是家裡發生了令人難受的事：塔奧叔叔死了。他的離去讓我們心裡空了一大塊。不過，最令我擔心的是科多叔叔。他們原本是形影不離的知己至交，現在，只要看到科多叔叔一個人走到花園坐著，望著大海，我心頭就一緊。孩子們試著要陪陪他，但他心神恍惚，幾乎沒注意到。該隱應多來這裡走走。春天回來了，花園早開滿了花……」

後面的內容就與我們無關了，信紙上有幾處像是淚水浸溼的痕跡。

傳說，拉菲特是最後的海盜，但事實並非如此。修士才是當今最後一位海盜。我用「當今」，因為我相信他還沒死。這聽來有點匪夷所思，因為當年該隱遇到他的時候，他已經上年紀了。那是在1914年，南太平洋某處。當時他還遇見了真正的水手科多·馬提斯、卑鄙的殺手哈斯普汀、無名英雄海軍中尉施魯特、他的朋友毛利人塔奧，還有，其實可以無遠弗屆卻寧願渺小的耶利米。

這些是他生命中最重要且最具分量的人物。我想該隱舅舅年紀尚輕的時候，較具攻擊性、懶散、渾噩。他的轉變想必是源於耶利米給的種種震撼，以及科多·馬提斯的高貴優雅，而不是他堂姊潘朵拉對他自尊的打擊，願上帝保佑她。

這是真實的故事，然而若不是帕特先生堅持要講出這一切，我大概永遠不會將之公諸於世。止筆於此，別忘了我們一直在這裡等您。

珍重

R. 奧布列干·卡蘭薩
1965.6.16 寫於比尼亞德爾瑪（智利）

我是太平洋，最大的海洋。人們長久以來如此稱呼我，但我並非總是平靜無波。我有時會發怒，狠狠地給所有人、給全世界一頓痛毆。眼下就是個例子，經過一番大發雷霆，我的心情總算平靜下來。但昨天，想必有三或四座島，以及無數個被人類稱作船的堅果殼被我橫掃……而這艘……

……是的，你們眼前這艘，我不曉得它怎麼能逃過一劫。也許是因為船長哈斯普汀深諳海事，而他的水手都來自斐濟，抑或他們跟魔鬼簽了賣身契。但這不重要，今天，是Tarowean*，驚喜之日，諸聖之日，1913年11月1日。

發生什麼事？

海德威！那裡有一艘船！

皮特阿提塔，是白人！

Evarua-t-eatua! 是海難者。

死了嗎？

Aine……兩個年輕人，一男一女。

沒死，睡著了！

快叫船長來！

呃！

船長，我們救了兩個遇難的人。

*譯註：斐濟群島的水手稱諸聖節為「Tarowean」。科多·馬提斯系列的第十五冊也是最後一冊即名為《諸聖之日》（Le jour de Tarowean）——當時帕特已過世，由 Juan Diaz Canales 與 Rubén Pellejero 操刀，在 Pellejero 的提議下，他們創作了一部《鹹海敘事曲》的前傳；而以《諸聖之日》為題，是因為科多首次出場，便是在 11 月 1 日諸聖節這一天，像耶穌被釘在十字架一樣漂流在海上。

嘎？

誰說可以半途停下來的？給我滾，蠢蛋！

怎麼回事？這女的是？

他們、年輕白人，他們、生病了！

那帆船上有「阿姆斯特丹少女號」字樣，應該就是他們的船名。

嗯……沒錯，我知道這艘船，某個億萬富翁的雙桅縱帆船，超美。

話說，我要拿這兩個年輕人怎麼辦？

最好把他們留著。

如果是有錢人家的孩子，對方會願意付高價賞金來贖，你覺得呢，船長？

沒錯，你這話還算有點道理。好，把他們帶到裡面去，好好照料。

我們跟馮斯皮克碰頭時，可別讓他跟這兩個孩子打照面……

他會護送走他們，這麼一來，贖金可就飛了！

前進，繼續按照同樣路線往凱瑟琳娜走！

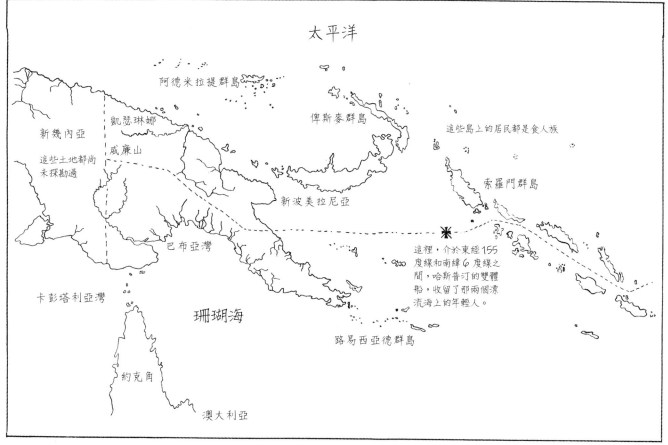

太平洋

阿德米拉提群島

俾斯麥群島

這些島上的居民都是食人族

新幾內亞

凱瑟琳娜

威廉山

這些土地都尚未探勘過

索羅門群島

新波美拉尼亞

巴布亞灣

卡彭塔利亞灣

珊瑚海

這裡，介於東經155度線和南緯6度線之間，哈斯普汀的雙體船，收留了那兩個漂流海上的年輕人。

路易西亞德群島

約克角

澳大利亞

這艘雙體船繼續它的漫長旅程，航向以德文命名的凱瑟琳娜。

在船艙裡……

唔，這裡是？該隱……

- 23 -

該隱！
這是哪裡？

我想起來了，
火災……船難……
但，該隱和在我一
起啊。他人呢？

我在一艘雙體船上，
這些原住民看起來像
士兵……

什麼？！

哇！

色狼，你竟敢……
我……我……

你這小野貓……敲破
了我的頭……

不要過來。

你是這樣謝
我的？

謝我救了你
一命……

那……該隱，他
人還好嗎？

該隱？啊，那個男
孩子？他很好！

Pamparemba,
pamparemba!

哈斯普汀船長，快來！
Pamparemba!

先給你一點教訓，你很快就會知道，這裡我說了算。

唔！

Tata pe，你看，仔細看，那邊，那邊有一個男人。

一個男人？

我來瞧瞧。唔，確實。不過……這男人不是海難者，我敢說我知道他是誰！

沒錯，是科多·馬提斯。那傢伙的船呢？

是叛變吧，船長！

這可是擺脫他的好機會，對吧，船長？只不過，「修士」大概不會同意吧，真可惜！

你話太多了，卡尼歐，哪天讓我來教教你怎麼閉上嘴！

嘿唷，科多！近來可好？在做日光浴啊？

該死的小丑，怎麼偏偏落在他手上……

你何時淪落到
這地步啊？

從昨晚……

喂，先把我拉上去，
我們慢慢聊。

我正想說，其實
啊，你向來對我
不太客氣……

我大可見死不救！

那麼「修士」可
不會饒過你。

「修士」、「修士」……
沒完沒了的「修士」，要
不是代價太高，真想把你
們全部送進地獄。

不過，我哈斯
普汀可不是笨
蛋……喂！你
們，把他拉上
來！

算你聰明，
哈斯普汀，
這人情我會
還的。

你的船怎麼會被
劫走？接下來你
有什麼打算？

給我水！

聽好了，科多。你現在可是在我
的船上，發號施令的人是我。
到甲板下，解釋清楚。

怎麼？不打算告訴我？「修士」要是
知道你的船被搶，可不會有好臉色。
船員怎麼會叛變？

我船上的大副，他妹妹是我多年來承諾要娶
的女孩……當然，這只是藉口。他們搶走所
有武器，打算自立門戶當海盜。不過，這也
沒什麼好大驚小怪的，還不都跟我們學的！

好吧，
我們看著辦。

有馮斯皮克
的消息嗎？

沒有？那我們盡量準時，
給他來點好消息。

荷蘭人的船上可
有滿滿的煤炭
啊……

很好！

德國人一定會開出好價錢！他們需
要煤炭。尤其他們在太平洋上的
基地很可能會被盟軍
占領。

這些人在盤算一
場海上商路突襲
戰。

當這場戰爭
結束，

不管哪邊打
贏，我們都會
賺飽飽！

前提是「修士」
要點頭。

他怎麼會
反對？

別忘了到時會有大把黃金可以花，像那些
在印度發大財的英國人，一輩子不愁吃穿。
就算我們得十人分帳而不是三人……再說，
我們也有腦袋啊，對吧？

很快就會遇上荷蘭人
的船了……

這裡怎麼有個女孩？
你是誰？

先生，
我是潘朵拉‧葛
羅斯維諾。

潘朵拉‧葛羅斯維諾……嗯，塔迪歐，雪梨那位知名雅士的女兒？你眼睛上的瘀青是誰幹得好事？

您的朋友，那個船長！

朋友？這兩個字我可承受不起，是吧，哈仔？

我跟這位船長啊，算不上真正的朋友，只是有些共同的目標。

我救了她和一個男孩，但他還沒醒。他們是暴風雨過後漂流過來的。

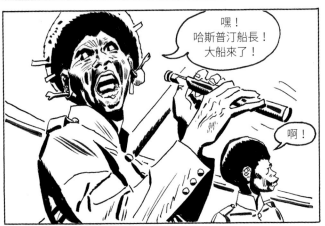

嘿！哈斯普汀船長！大船來了！

啊！

船長，這會不會是我們在等的船？

一定是，我們有點超前了。

你覺得呢，哈仔？就是這艘吧？

對，前天在蘇瓦，我攔截到訊號，上面有指出它的路徑。

科多，叫船員準備劫船。

沒問題！

荷蘭輪船逐漸靠近哈斯普汀的雙體船……

他們會以為我們是英國巡邏隊而放行，等主控權到手，再來處理船員。

哈斯普汀船長，這海好美啊！

長官，是一艘斐濟群島的雙體船！

斐濟群島？我們明明離那裡很遠！

可能受到暴風雨影響，但是這船離他們的島相當遠。

靠近一點！他們或許會需要協助。

圖魯歐，你是斐濟人吧？那艘船怎麼會出現在這裡？

太奇怪了！我們的船不會走這樣的航線，通常是往東邊和南邊……

而且絕對不會到這麼西的地方，我不懂！

他們正在升旗……

升旗？這些野人什麼時候開始採用航海禮儀了？

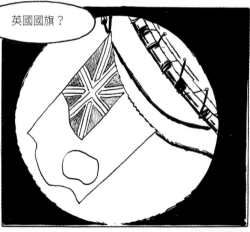

英國國旗？

船上有位白人軍官和黑人海員。

英國巡邏隊開著斐濟的雙體船？英國海軍總部不用這麼吝嗇吧，好歹也給他們一艘哨艇。去請他們上船！

不曉得，但我有不好的預感，我不喜歡這艘船。

感謝您，
船長。

好了，馮海頓，您也太迷信了，
船長，幸會，你們要上來嗎？

我是船長哈斯普汀，擁
有皇家海軍認證。現在
由我接管這艘船。

抱歉，恐怕我不
懂您的意思……

您運送的是一批給英國海軍的煤炭。我
方政府要將煤炭、船隻連同船上運載的
所有東西一起扣押。

而且您一身英國軍服、
英國國旗，也就是說，
從這種行徑看來……

你們真正的身分是
海盜！

您瘋了！戰爭還沒開打，
您沒有任何權利……

我不甘心，
我……

碎！

有誰想跟船長落得同樣
下場？

馮海頓，最好照他說
的去做。

天哪，您把他殺
了……

HUGO
PRATT

喂，發生什麼事？
我聽到槍聲！

哈斯普汀，你這個混帳！
有必要殺他嗎？

你最好記住，我才
是這裡的老大。

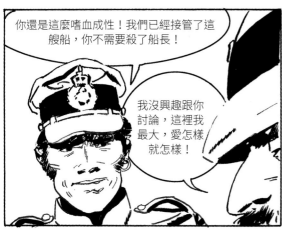

你還是這麼嗜血成性！我們已經接管了這艘船，你不需要殺了船長！

我沒興趣跟你討論，這裡我最大，愛怎樣就怎樣！

行了，哈斯普汀，我都聽膩了。等回到島上再看「修士」怎麼說。

這是我的事，我要怎麼跟他說，你管不著！順便提醒你，做人要有分寸，不然你會後悔。

把他們全體船員帶到船尾。等一下讓他們上小艇，給點水、乾糧和一張帆，要是他們運氣好，說不定可以漂到哪個島……

往前，白人！去小艇。

走吧夥伴們，幾天後我們就可以抵達馬萊塔島。

越早離開這艘船，對大家都好。只可惜了船長！打起精神來，夥伴們！

起航！

乾糧在哪裡？船上沒有水啊……我們該怎麼辦？

你們要去的地方不需要食物，一路好走，下地獄吧！

喀咔！
喀咔！
喀咔！
喀咔！

又怎麼了？
他該不會……

哈斯普汀！

混帳！你把他們全殺了，不如我順便送你去跟他們作伴。

怎麼？科多，你還不懂嗎？這是必然的，這案子牽涉廣大啊。

不必說了，我不能放任你幹這種事……

喝呀！

唉！

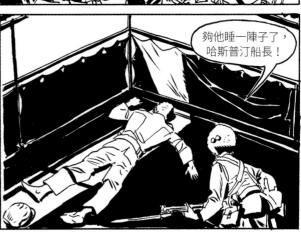

夠他睡一陣子了，哈斯普汀船長！

給他上腳鐐，等他清醒以後，叫他去鍋爐間幹活！

小艇漸漸沉沒，鯊魚來了……海洋慶典、海洋慶典，哈利路亞！♪

我可以確定他們不會動我們半根汗毛，因為我們家裡很有錢。對他們來說，我們代表白花花的英鎊。我比較想知道的是……

這艘船上有沒有你覺得可以信任……有可能會幫我們的人？

沒有！他們全是罪犯。哈斯普汀甚至還打了我一巴掌。另一個叫做科多·馬提斯的應該也不怎麼樣。他們還提到另一個人……「修士」！

修士？

我聽瑞納德伯伯說過「修士」。那是個高深莫測的傢伙，從吉爾伯特群島到背風群島都在他的管轄之下。

連三個國家的海軍，都找不到他到底躲在哪個島上。很少人見過他，瑞納德伯伯是其中一個。哈斯普汀和科多·馬提斯可能都是替他工作！

我想起來了，小時候瑞納德伯伯講過修士的故事，還有「埃斯康迪塔島」*，隱匿之島。

天哪！我們究竟落到誰手上？該隱，我們會怎麼樣？

我不曉得，潘朵拉。但是我不怕。

來呀來住夏威夷，躺一片綠意，她在海中成形，是從汪洋升起的土地……♪

看呀看看夏威夷，一座島，一群人，夏威夷的你找呀都來自大溪地──♪

唱歌的不是斐濟人。他們哪來的，卡尼歐？

那些是毛利水手，他們在船上的鍋爐間工作。

說到鍋爐間……去把科多·馬提斯找來。我要跟他談談。那個下流胚子現在應該冷靜了！

船長要你到甲板上跟他談談！上面的空氣很新鮮！

我相信，你這烏漆墨黑的焦油塊。我敢說就連地獄也沒這裡熱！

*譯註：Escondida（陰性形容詞），西班牙文的隱藏、隱匿之意。

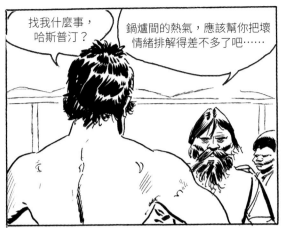

找我什麼事，
哈斯普汀？

鍋爐間的熱氣，應該幫你把壞
情緒排解得差不多了吧……

老話一句，你該理解我們
沒有犯錯的權利。瘋子才
會留目擊者活口。「修士」
也會認同我的作法！

沒錯，我知道！
不過，你要活得夠久，
才有機會跟他講這些，
這點我很懷疑！

如果這樣想讓
你比較爽，
科多，

隨便你，反正
我讓你上船，
是因為……

我知道為什麼！我們很快就會抵達
凱瑟琳娜了，你需要我。

那可不見得，
科多。

你當然需要，哈仔！
比起一個白人軍官，
兩個更有說服力。德
國人很注重這個！

再說，船上
那兩個年輕
人，不藏好
可不行。

你還得提防卡尼歐和那
些原住民，所以，你只
剩下我了。管你喜不喜
歡，現實就是如此。

被你說中了，科多。
沒錯，雖然很不爽，
但我需要你。等我們
抵達凱瑟琳娜，你就
開這艘雙體船，把那
兩個年輕人帶走，到
附近的奧堤利安河＊
等我。我和馮斯皮克
完成交易後，再跟
你會合。

不能讓德國人看到那兩個年輕
人，否則他們一接手保護，贖金
就飛了。贖金我打算分你一半，
沒有「修士」的份，如何？

我看你是失心瘋！
修士終究還是會知道的。
你以為卡尼歐怎麼會在船
上？還不是為了監視你。

沒有人信任卡尼歐，
就連修士也一樣！

＊譯註：奧堤利安河（Ottillien Fluss）即現今巴布紐新幾內亞境內的拉穆河（le Ramu）。

– 35 –

與此同時，雙體船上的潘朵拉醒了。

我好像睡了很久……該隱呢？該隱在哪裡？

該隱！他們把他帶走了，床上空蕩蕩的！**該隱！**

我在外面，潘朵拉。外面舒服多了……你聽！

我們來自——偉大的哈瓦基，悠久的哈瓦基，遙遠的哈瓦基*……♪♫

好美的歌聲，唱歌的是毛利人吧。

看你到外面透氣，我真是太開心了。

是原住民船員的頭頭，一個叫卡尼歐的人幫我的，當時你還在睡。這空氣好舒服。

都沒有！我什麼也不知道，而且也沒興趣知道。其實在這裡沒那麼糟。再說，等德國人一來，我們就可以向他們尋求庇護……

你有看到什麼人嗎？有人跟你講什麼？我們要去哪裡？

德國人？我想我們連個影子都不會見到。哈斯普汀絕對不會放過這個好機會大撈一筆。你現在就可以把你那些德國人給忘了。

說得好，潘朵拉！親愛的朋友，這位女士是對的……

你看起來氣色好多了。到目前為止，你的運氣還不錯，要是你少傷點腦筋，好運可能還會繼續跟著你。

*譯註：哈瓦基（Hawaiki）又譯為夏威克，毛利語的「故居」之意。

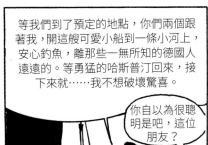

等我們到了預定的地點，你們兩個跟著我，開這艘可愛小船到一條小河上，安心釣魚，離那些一無所知的德國人遠遠的。等勇猛的哈斯普汀回來，接下來就……我不想破壞驚喜。

你自以為很聰明是吧，這位朋友？

你最好走開，不要來煩我們。

哎呀，你還真不客氣啊！看來要逗你笑沒那麼容易，嗯哼？

好吧，那我的客戶就少一個了。不過，年輕人，你是該笑不出來，你在船上的處境可不太樂觀啊。

別再跟我你來你去……我跟你一點也不熟……

想要求我跟你用敬語，那你也得這麼稱呼我才行，給你選，不要就拉倒！我就是這樣。

咕！隨便您，不過離我遠一點，別來煩我。我沒興趣跟您交流！

通報科多船長，我們接近德國屬地了。接下來要做什麼？解開纜繩還是繼續跟著輪船走？

他不會擅作主張，要以哈斯普汀船長的決定為準。我去跟他說。

德國屬地！

已經到了？去告訴哈斯普汀船長……

你去跟他說比較好。這樣才知道我們要繼續跟著大船，還是自己開雙體船往河那一邊去。

你看，科多怒氣沖沖走了。他不喜歡別人命令他。

因為你把他惹火了。該隱，你要小心，你讓自己多了個敵人。

你以為我們能怎樣，多了個敵人？這裡沒別的，全都是敵人。變冷了，扶我進去吧，潘朵拉！

好喔，大少爺。

Rai Tahiti Roa
O Vau te matai
O Vau te matai
Fara Rii E
Popoti te Tahi

譯註：這裡指的是凱瑟琳娜奧古斯塔河（Kaiserine Augusta Fluss），即當今新幾內亞最長河流塞皮克河（Sepik River）的舊稱。

你簡直比獨眼馬還多疑！

當然，尤其是有隻蠍子在我背後打主意。

我們聊太久了。把雙體船開走，到奧堤利安河等我。小心，那一帶有野人塞尼克族，他們是小偷，也是食人族。我跟馮斯皮克的交易大概三到四天會完成。

好。安全起見，我帶卡尼歐一起走，這樣你在談判桌上也不必有顧忌。話說回來，我想我似乎沒有離開的必要了，你看，那艘快艇。

潘朵拉，你看，有艘德國快艇。

該隱，卡尼歐不會讓我們露臉的。

該死的馮斯皮克，連讓我們下錨的時間都不給。

我去雙體船盯著那兩個孩子！

哎喲！哈斯普汀船長辦事可真妥當，就跟海盜沒兩樣。

您是說海盜？

是的，海盜，施魯特先生！哈斯普汀船長會提供我們煤炭、後勤補給的基地。我們只需付錢，不用煩惱這些東西是怎麼來的。想必在他背後，有某個不想暴露身分的聰明人。

天曉得，也許就是「修士」。這一切陰謀的主導者⋯⋯施魯特先生，您從沒聽過「修士」嗎？

沒有，加隆艦長，但我很懷疑德國竟然會接受這樣的盟友！

在未來那場戰爭結束之前，您還有得瞧，施魯特先生！

歡迎，哈斯普汀船長！我們收到您傳來的消息，一切就緒。馮斯皮克上將不會過來，但他授權我完成最後協議。我們會載您過去，船長。岸上有風味絕佳的蘭姆酒等著您！

好，加隆！我馬上過去，我跟我的副手交代一下。

靠，上將不出面，卻派了加隆這隻老狐狸，我還得上岸一趟。科多，隨你怎麼處理，但是給我確保不要讓德國人看見那兩個孩子！

加隆是吧？你的麻煩挺多啊，哈斯普汀。不過，這也可以想像啦，馮斯皮克怎麼會跟海盜協商……好啦，放心去吧，快去！

這晚，在凱瑟琳娜奧古斯塔河出海口的德國官邸……

哈斯普汀，您看，我們在艾呂斯、東加和曼尼希基這三個群島，都必須有基地才行。我們在太平洋上的屬地之後一定會被占領，到時，我們的艦隊會很難在南美任何一個中立的碼頭靠港……

我明白。那，你們要拿什麼來打這場海上商路突襲戰？

這部分我們會處理，哈斯普汀先生！我們會處理妥當，您那邊就拜託了。我們會留下兩艘體積小但速度快的魚雷艇，還有一般潛艦，這艘潛艦除了部分海軍總部人員外，沒人知道它的存在，您要打的這場戰可不能見光。還有，請勿懸掛德國國旗。我會留下兩位軍官和一些水兵負責訓練。

報酬我們會以黃金支付，這些黃金會放在您指定的中立國銀行。目前大概是這樣……

還有，今晚您就會拿到黃金了，算在那艘載滿煤炭的荷蘭輪船帳上。施魯特先生會是留守的訓練官之一。

可是我……

施魯特中尉似乎不太樂意啊，加隆？

施魯特先生向來就是這副撲克臉。

不過，哈斯普汀先生，我跟您保證，施魯特先生其實開心得不得了啊！

現在，讓我們好好喝一杯。明天再繼續這樁骯髒的買賣。

好，加隆，您一向這麼有遠見哪！

雙體船載著兩個年輕人，科多隨船監視。船就停靠在距離德國官邸不遠的地方。

在這裡就能聽到德國人的吵鬧聲響，他們跟哈斯普汀在慶祝！

也就是說，我們離他們的官邸很近！

沒錯！是不遠，50公尺吧。

你覺得呢，潘朵拉？要我試試？

我覺得行不通，那邊一定有哨兵……

我們一定得做點什麼！隨便跟哪個德國士兵說到話都好！

不，該隱！太危險了，他們可以直接對你開槍！

可是，現在不試的話，我們永遠無法逃走。這是唯一的機會，外面沒人。

我得賭一把！

要是你見到德國人，你真的認為他們會幫你嗎？

他們會在最需要哈斯普汀和科多·馬提斯的時候，做出對他們不利的事嗎？不，該隱，我不覺得他們會保護我們！

你看起來就像個怕事的女人，這不像你，潘朵拉！

是啊，我是潘朵拉又如何？我不覺得……

聽好！我要試試看，我必須試。

不行！

別怕！

千萬小心，該隱……

天哪，他真的去了。要是被哪個海盜看到，就完了。可是，該隱是對的，這是唯一讓德國人知道我們在這裡的方法……

外面有人！我聽到他的呼吸聲，也許該隱還在猶豫。

他在等什麼？為什麼不進來？

還好嗎，潘朵拉？

外面好無趣，我想你或許會想聊聊天。

我們沒什麼好聊的！

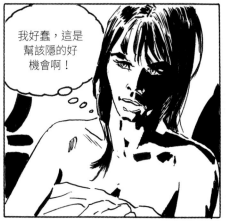

我好蠢，這是幫該隱的好機會啊！

我不習慣在晚上跟水手見面……

這樣啊，看來，我不是你心目中的友伴，晚安！

等等，我並不想激怒您。留下來吧，我覺得有一點寂寞。

咦？

我說您可以留下來！

別這麼訝異，船長。我已經放下爭取自由的念頭了。我覺得有個朋友也不壞！您並不討人厭。

我需要安全感，需要有人保護我，該隱太年輕了，他只是個孩子。而您，船長，您是個強壯的男人……

你現在說這什麼話？你是在揶揄我嗎？

不是。

我說錯了什麼？別丟下我，為什麼您不願意留下來？

誰說我要走了？我當然願意留下來。

我只是沒料到這種情況而已，你知道我們之後要做什麼嗎？

我們可以去馬尼拉，然後結婚，忘記這一切，就只有你和我！

天哪！我做了什麼？放開我！

我會娶你的，潘朵拉！

下流的傢伙，放開我！

哈哈哈！不鬧你了！如果你以為這種小把戲騙得了我，那還真把我當白痴。

您是什麼意思？我不懂！

- 43 -

噢！你馬上就會懂！塔內羅！

該隱！

放心吧，小妹妹。你朋友的傷一點也不嚴重。還好在這裡的人是我，不是哈斯普汀。

讓他眼睛腫個一兩天就夠了。算你勇氣可嘉，在該隱逃跑的時候，用寂寞當藉口來拖延我。只是，你忘了我可是老奸巨猾的狼，不像你是個千金大小姐。

我再說一次，算你運氣好，在船上的人是我。現在動身吧，卡尼歐，準備升起船帆。

總有一天我會殺了你，科多·馬提斯！

Oete nie! Oete nie! Uatere!

卡尼歐，我們必須往東邊走，第一班守衛你可以指派新來的毛利水手！讓斐濟的負責開船！

是！

該死！剛好最後一秒被他逮到。

冷靜點，該隱！等時機來了，我會絆住他。

好。但還要等多久？我們連自己在哪裡都不知道。

這海岸很長，從棕櫚樹上方可以看到山，如果不是一片大陸的話，表示是一座大島。既然上面有德國人，那會不會是新波美拉尼亞或是新幾內亞……

噓！你聽，船開了！

♪♫ 我的魚，抓到了，朝著光，游上來，我的魚，終於湧現浪的縫隙……這裡是，大溪地。♪

科多，天氣變糟了，很快就會遇上暴風雨。我們應該掉頭回到岸邊，但是這一帶有很多火珊瑚。等一下要是看到海灣，最好先停下來。

朝向我們划來的獨木舟是什麼，彩虹落在它身上，白燕鷗環繞它身旁，那是赫拉吉的土地呦。

赫拉吉的土地在哪裡，卡尼歐？

赫拉吉是一座毛利人的島，非常遠！東南邊的毛利人現在叫它普塔尼亞！

普塔尼亞代表布利塔尼亞，所以他們說的應該是皮特肯，叛亂者之島！

我們玻里尼西亞祖先所創造的舊世界，如今已經死去。神殿早已被摧毀，他們的鼓多年來不曾響過。森林之神塔恩、戰神圖馬陶恩加、和平之神朗高、海神坦加羅亞，還有大地之母與天空之父的其他孩子，都已拋棄了我們。那些能夠橫渡海洋的大舟化成了灰，從此以後，駕馭它們的船長、打造它們的木匠，都移居神靈的世界。要是毛利人遺忘了這些古老的名字，改用白人的名字，你也別感到訝異！

今日的赫拉吉，有著混種後裔，那是奧塔西女人與叛亂者之子，普塔尼亞之名，有據也有憑。

捕魚呦！舊漁網放一旁去，新漁網上場，只是要用哪一張，哪一張新漁網？

科多，變天了！

卡尼歐，烏鴉嘴，你當我瞎了？

科多！科多，巨浪！

哪裡？

天靈靈地靈靈，我從沒見過這樣的浪……

浪會把我們捲走，這是大舟的末日！Eua Eutopa!

啊！

你是誰？你想幹什麼？

他昏倒了！搞不好他也是船上的人！

可憐的傢伙，年紀應該跟我差不多。不能把他丟在這裡！

那邊應該是個海蝕洞，把他拖過去好了。

好荒謬啊，被海浪捲到未知的島上，還遇上食人族同伴。

太扯了。我是不是要叫他星期五，然後要他叫我魯賓遜？好累，但我不能睡著！不可以！

隔天早上……

這……怎麼會？我睡著了……

嘿，又見面了，星期五！

我不叫星期五，想必你也不是魯賓遜·克魯索！

在我的村莊，那裡有個 Miss Star 教我們很多東西。我父親是村長，幫她辦了一間學校。

你怎麼會講我的語言？你也讀過《魯賓遜漂流記》？

所以，你也是因為大舟翻覆漂流到這裡的嗎？

嗯，哈斯普汀船長把我從荷蘭商船帶到斐濟大舟！

我叫塔奧，我是紐西蘭毛利人。我本來跟著荷蘭商船，在鍋爐間見習，學一些 Miss Star 無法教的事。後來的情況你也知道了。你睡覺的時候，我在附近巡了一圈，沒看到任何人。

那麼……潘朵拉真的死了。

你聽，有聽到嗎？

什麼聲音？

- 49 -

完蛋！我們被發現了。聽好，你千萬不要輕舉妄動，交給我！

我們無法跟他們對抗，他們人很多，而且手上有武器。

Juggh Elemntegh ka amotoh.
出來，我們不傷人，我們是勇者。

來吧，從洞裡出來，我們不傷人。

只有你們兩個？其他人呢？

只有我們兩個。其他人跟著大舟被捲走了。

大舟上有很多東西嗎？

這孩子平安無事真是太好了。我得回潘朵拉那邊才行，等一下再來處理該隱。

- 51 -

這些巴布亞人應該都是塞尼克族,至少從他們頭飾看來是如此。他們的村莊在奧堤利安河一帶,也就是哈斯普汀跟我約好要碰頭的地方。

看來,情況也許沒那麼糟!

加上該隱和塔奧,有四個人逃過一劫,而且我帶上潘朵拉的時候,卡尼歐已經往沙灘游過去了。

假設我們全部平安無事,只要再來點運氣,就可以等到哈斯普汀。到時,我再決定怎麼做比較好。

親愛的潘朵拉,沙灘和叢林裡都是食人族,我們必須安靜留在原地,直到他們離開,懂嗎?

您有發現任何該隱的足跡嗎?

沒有,我沒有看到,至少目前還沒有……你為什麼這樣看著我?

因為我不信任您,而且我不喜歡您跟著我!

但那是你的偏執啊，小妞！你真以為我喜歡全天候陪在一個老是口出惡言的人身邊呀？

要不是附近到處都是食人族，我會讓你愜意地在你的閨房享樂，親愛的羅曼蒂克小珍珠。

閉嘴，流氓！

要是上帝讓該隱死掉卻讓您活著，就太不公平了！

你想怎樣，「天意難測，世事無常」。

安靜！有一群野人走過來了。他們跟抓走該隱的可能是同一夥。

您的意思是……

該隱還活著，只是落入塞尼克族手裡。

混蛋！您什麼都沒告訴我，故意讓我以為該隱已經死了……

為什麼要騙我？為什麼？

為什麼？我不曉得！

大概是為了避免引發歇斯底里，或者，純粹無聊。把手槍還給我！

噢不，科多・馬提斯，想都別想！

我說過我會殺了您。

砰！

裡面有人，小心！

聲音是從裡面傳出來的！

出來！喂，出來！

有一個人倒在地上……

你是誰？

你把他打傷以後，打算一走了之？

正當潘朵拉被巴布亞人嚇到時，該隱和塔奧被關入塞尼克族的村子某處。

目前看來，他們似乎沒有惡意。你覺得呢，塔奧？

我可沒那麼放心！

我的命運怎麼如此乖舛，先是火災，再來是海盜、德國人，然後……失去潘朵拉。

也許這樣比較好，畢竟，最終她只能選擇食人族或「修士」。

塔奧的眼睛在昏暗小屋裡亮了起來。

你也知道「修士」？我父親年輕的時候打敗過他，還有我的爺爺，以及我爺爺的爺爺。

那時「修士」要帶走一些人，到一座遙遠的島上替他工作，那些人從來沒回來過。自從我父親打敗他之後，已經很多年了！

那是我出生之前的事。只有一個毛利人在小時候看過「修士」，他叫圖普亞，是我們的老巫師！

要真如此，這個人已經超過一百歲了！

這怎麼可能……咦，是誰來了？其他食人族？

潘朵拉，親愛的，我以為你死了！

我也是，我也以為你死了！

我們都還活著。更重要的是，我們在一起！

歷經食人族和這一切冒險還可以找到你，實在太不可思議了！

要不是科多·馬提斯，我早就死在暴風雨裡了！

這名字毫無預警出現在兩個年輕人的對話之中，潘朵拉眼裡浮上一層黯淡的憂傷。

科多·馬提斯，他怎麼了嗎？

我對他開了槍！

有人打斷了他們。

那些神祕的男人走出大屋了，他們可能有決議了。

神祕的男人？

Rombotin! Rombotin!

Rombotin e rombotin!

女孩到外面，男孩留裡面！

該隱，我得走了……

來，前進，他們有話對你說，而你的眼睛將變成綠色。快走！我得跟你談談，走！

嘿，潘朵拉，現在不是害怕的時候吧？

沒多久，在另一間茅屋裡……

您怎麼會知道我的名字？

嘻嘻嘻，我當然認識你！啊，我懶得再演了。

來，潘朵拉，你看！

噢！

科多・馬提斯？我以為我殺了他！

幸好沒有，不然損失可就大了。你為什麼想殺了他？

因為他是個壞蛋海盜！

為了把我帶走，他竟拋棄我堂弟，把他丟給食人族。

你錯了，馬提斯絕對不會幹出這種事。

您怎麼知道？而且，您認識我很久了嗎？為什麼這樣跟我說話，還替那個海盜辯解……

我當然替他辯解！我知道的比你多。該隱託他的福才撿回一條命，還有你，你也欠他不少。

哈斯普汀船長想要殺掉該隱，把你監禁起來，然後騙取兩份贖金，他知道你家人為了救你，多少錢都願意付。還好，是科多・馬提斯威脅要把一切告訴「修士」，才阻止了他。因為只要提到修士，所有的人都得把皮繃緊，繃超緊！

又是修士，所以您也知道？他是誰？

潘朵拉！嘿！小妞！這問題不好回答！「修士」是南太平洋的偉大傳說。你知道他的存在，但最好是不要遇到他。不過，這些事對你來說都太沉重了！

您知道嗎？我想我猜到您是誰了……

您是卡尼歐！

巫師緩緩地拿下面具。

猜對了，我是卡尼歐！

我現在的處境沒有比較好，該隱也是，您是食人族的一分子。

錯！

我的處境跟你們相同！

我要是被拆穿，一切就完了！

一切就完了？怎麼說？我不懂。究竟是怎麼一回事？

冷靜點，潘朵拉小姐。我解釋給你聽。船難發生後，我被沖到這裡，但沒人看見我。於是，我殺掉他們一個巫師，取代他混進去。幸好我懂他們的語言，再加上戴著巫師的面具，所以他們認不出來。但這也撐不了多久……

我正要逃走的時候，看到你們和科多。科多是我的朋友，無論如何我都要救他。因此我需要你們，作為交換，我可以把原本打算逃亡用的獨木舟給你們，放你們走。

那麼，我和該隱要做什麼？

還有塔奧。我比較信任他，你們畢竟是白人。現在，好好聽我說，潘朵拉小姐，因為我們時間不多了。

您去通知他們兩個，接著，趁著火災，盡量跑……科多……獨木舟……帶上……懂了嗎？

唔……懂……很清楚……

所以，卡尼歐會先放火燒茅屋，目標可能是那間禁忌之屋。接著，他會把科多・馬提斯帶到村子邊界，在那裡等我們。獨木舟也會準備好。你們覺得呢？

噢！我沒問題。只是科多會是個累贅。不過，除了接受卡尼歐的條件，我們也沒別的辦法。

我負責把風！

希望一切順利，不是卡尼歐為了找人幫他而耍的把戲，到時又拋棄我們，讓我們落入巴布亞人手裡……

不會，我認為他需要我們划船，就算他不相信我們，至少也相信塔奧。

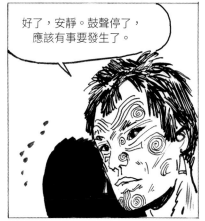

好了，安靜。鼓聲停了，應該有事要發生了。

卡尼歐的計畫開始了。

有火！有火！

換我們上場了！

跑，快跑！我搶了槍，我掩護你們，快！

從這邊！

我在這裡！
獨木舟在不遠的地方，快來幫忙抬科多。

你們會在沙灘上找到船，我去帶潘朵拉。

啊啊啊！

勇氣可嘉，潘朵拉！其他人都到船那邊去了！

用力划，夥伴們！武器準備好！

不可能這麼順利……我有不祥的預感。

（巴布亞人的喊叫聲）

BIRI. BARI BRAGORA！

BIRI BARI BRAGORA！

BIRI BARI BRAGORA！

BIRI BARI BRAGORA！

BIRI BARI BRAGORA！

BIRI BARI BRAGORA！

厲害，夥伴們！再來一次，他們已經輸了！

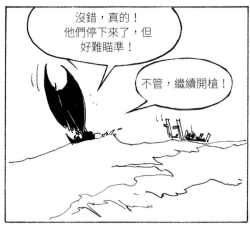

沒錯，真的！他們停下來了，但好難瞄準！

不管，繼續開槍！

唔，有槍聲？我在哪裡？

喀咔！

卡尼歐⋯⋯還有孩子們。老天，我這是睡了多久？

這是怎麼一回事？

您醒啦，還真是時候呢！

我在問你話，回答我，不然我一腳把你踹到外面去！

卡尼歐救了所有人，還偷走巴布亞人的獨木舟，我們也幫了忙。您渾然不覺，因為潘朵拉打傷了您的頭！

瞧瞧誰在這，火爆潘朵拉！

趁我還沒真的動手之前，離開我的視線！

我很抱歉。

知道就好，滾！

不如我現在把你的頭打個漂亮的洞，怎麼樣？嗯？

我們已經脫險了，你還好嗎？科多船長？

你覺得還能怎樣？嗯……沒事啦！

怎麼了？

沒事，只是有點累……

你被穿耳洞的帥哥水手給迷住啦？

沒有！

嘿！

我累了……

累……好累。

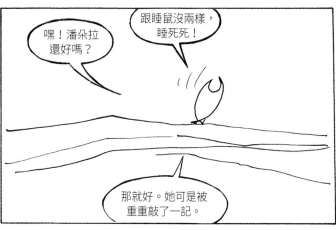

嘿！潘朵拉還好嗎？

跟睡鼠沒兩樣，睡死死！

那就好。她可是被重重敲了一記。

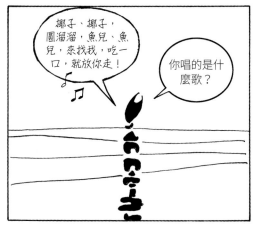

椰子、椰子，圓溜溜，魚兒、魚兒，來找我，吃一口，就放你走！

你唱的是什麼歌？

鯛魚之歌啊！

鯛魚，那還好，如果你在釣莫比迪克，那就是另一回事了。

莫比迪克？

嗯，莫比迪克，那頭白鯨。

那個故事，講的是亞哈船長和一頭抹香鯨之間的深仇大恨。抹香鯨應該是世上最巨大的動物了吧！那麼雄偉、令人望而生畏的對手，牠身上那珍貴的物質——鯨蠟，更是貿易裡稀有的搶手貨。

那就是 pehee-nuee-nuee！

pehee-nuee-nuee 呀……隨你要怎麼叫都可以，總之，我們有很多關於牠的書寫：「而上帝創造了巨鯨」，《創世紀》。

嗯，我還記得 Miss Star 為我們讀那本書裡大魚的故事。就是牠，pehee-nuee-nuee 會吃人！

「而上帝安排了一條大魚，吞了約拿。」你的老師 Miss Star 讀給你聽的很有可能就是聖經，但我說的是……

莫比迪克？

- 68 -

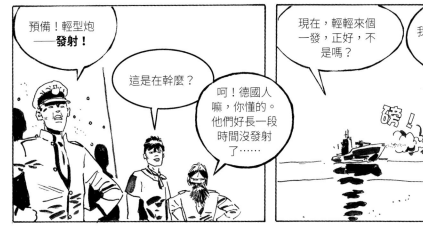

我想避免擦槍走火。倒是，您怎麼會跟這兩位年輕人結伴同行？

啊哈！天堂有路您不走。很好！我會親自問出他們的身分！

我不喜歡您的口氣，施魯特先生！

噢！施魯特先生，這不是什麼了不起的祕密，那女孩與男孩是某家瑞士銀行和某家英美航運公司的繼承人。我們在一艘偏航的救生艇上發現他們，於是把他們救上來。如此而已。

就這樣？也太容易了，科多‧馬提斯先生。總之，謝謝您的情報，那麼，晚安！

目前看來，我們是落在好人手裡，這點很重要！

在這裡，我們脫身的機會又更渺茫了。這件事倒底什麼時候會結束，如何結束？

我覺得那個施魯特中尉很順眼，正經的德國人。在他身邊我們不會有事！

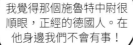

OP！OP！OP！OP！

我沒把握。那個軍官可是準備要打仗。

晚安，指揮官。什麼風把您吹來了？

打擾了，但我有些問題要請教，希望不會太冒昧。我知道你們是英國人。

我是英國人沒錯，但潘朵拉是美國公民。

是的，我明白。那你們在凱瑟琳娜出海口的時候，怎麼沒想過來找我們？

難道你們當時遭到囚禁？

好了，施魯特中尉，讓我來說吧……

……因此，抵達凱瑟琳娜出海口的時候，科多·馬提斯先把我們帶到較遠的地方，免得被你們德國人發現！

媽的兔崽子！他什麼都說了！

要是我闖進去，把他們兩個都殺掉，就可以奪下潛艦。

哈斯普汀，你拿著那玩意做什麼？

你在監視我，馬提斯？

誰？我？怎麼會，哈仔……拜託！我很喜歡你欸，你知道的。

你生氣啦？

給我滾！要不然……

要不然怎樣？

開什麼玩笑！

沒錯，我真的會殺了你！

我就殺掉你。

來啊！

我不希望你幹蠢事。我們可不能因為你而失去這一切。

沒差，這不會改變什麼！

你倒底想怎樣？

可是那小子全都跟施魯特說了……

還是你以為施魯特會違抗命令，只因為我們船上有兩個被囚禁的英國青年？一切只有修士能作主，夠清楚了吧？

嗯，我知道，只是……對你來說很清楚，在我看來永遠很模糊，馬提斯。但也許你是對的吧。

我當然是對的，要贏過你這傻子還不簡單。德國人可是有其他的盤算，勝過服侍餵飽那兩個孩子。施魯特有明確的任務在身，而他是使命必達的男人，不管要付出什麼代價。

那你呢，科多·馬提斯，你怎麼看我？

這跟我們在談的事情有什麼關係？

唔……那我得先喝一杯。

沒什麼，只是想知道。

你看！你不正面回答。

噢！你問這問題是想怎樣？

我想交朋友啊，我都沒有朋友。難道我是異類？

是啊，欽，沒有啦……你知道的……

你別拿這個來煩我，哈斯普汀，你發什麼癲。

怎麼回事？他們在吵架？

我哪知道。是科多和哈斯普汀。

好了，孩子，從現在起，你們就受我保護了。

你看吧，你總是想打擊我……只因為我想交朋友。

謝謝，施魯特先生。晚安。

譯註：此處該隱讀的是柯立芝著名的《老水手之歌》。年輕時狂傲的老水手射殺了帶領他們走出風暴冰雪的信天翁；作為懲罰，「活在死中」女妖取走船上所有人的生命，唯獨留下水手，一輩子活在悔恨裡。

怎麼了，羅曼蒂克小珍珠？

想跟您聊聊，科多·馬提斯！

先提醒你，我可不想跟你槓上。

我很抱歉上次那麼莽撞！

啊！上次？你的意思是還會有下次？

不，我不是這個意思……

我想跟您打個商量，但您不把我當一回事。

所以，你想怎樣？

我們聽到的事太多了，多一件或少一件，沒什麼差。

您可以奪下這艘潛艦，把我送回我父親身邊，他會讓您不愁吃穿！

我聽說億萬富翁都是瘋子，但我一直不懂為什麼。現在我大概懂了。瘋狂是會遺傳的。

他們用來印美鈔的墨水想必有什麼特殊之處。

你和該隱，你們兩個最該做的，就是待在我身邊。我是個福星啊。

所以，您相信好運？

當然，親愛的。我小時候，發現我的掌心沒有幸運線。於是，我就用父親的刮鬍刀——唰，要多長、有多長。

此時，砲塔上……

還好嗎，施魯特先生？

不壞，我們就快抵達埃斯康迪塔島了。

啊，的確！快了，我真的很好奇修士會做出什麼處置。

您所謂「修士會做出什麼處置」是什麼意思？若您指的是那兩位年輕人，那您毋須操心，他們由我全權負責。

唷……就先從那女孩負責起是吧！

夠了，哈斯普汀先生！

您忘了自己是在跟誰說話。

別逗我了，小白臉。

去你的海盜……再多說一句我就給你上腳鐐。

我會讓你付出代價的，施魯特，**我發誓！**

指揮官，前方出現島嶼！

那應該就是「修士」之島了，史提克先生。您能否確認一下，航海地圖裡有這座島？

有的，施魯特先生，埃斯康迪塔島。

終於，埃斯康迪塔，謎樣修士的神祕之島，出現在船員面前。

他們升了一面旗子？

馬提斯先生，您認得這面旗嗎？

嗯，當然，海上之王「修士」的旗子。

這表示我們很快會有訪客了，您最好準備停俥。

怪了，這面旗子好眼熟……

我們在哪裡？我的意思是，我們在太平洋哪個點上？

大概在西經169、南緯19度的地方。

指揮官，左舷有艘砲艇接近。

砲手上甲板，就戰鬥位置！

沒有必要，施魯特先生。那是塔基甲彭船長的砲艇。

多麼可悲啊！這麼骯髒的遊戲，我竟得奉陪。

砲手準備好了，施魯特先生。

不需要了，各位。大家都是朋友……至少看來如此。

「修士」等的就是這艘德國潛艦？

嗯，科多跟哈仔應該都在上面。

這潛艦真美。有了一艘砲艇、兩艘驅逐艦，要對抗盟軍的貨船就容易了。我們發財啦。

沒錯，錢會進您口袋，那我呢，我有什麼好處？

這是什麼話？你也有一份啊！

修士的魚雷艇護送施魯特中尉的潛艦進入埃斯康迪塔島的潟湖區。

嘿！潛艦上的，等一下土著會划獨木舟去接你們，請先準備好！

是，船長！

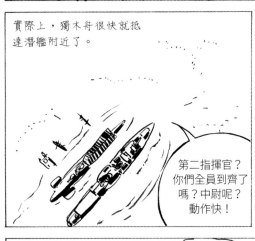

實際上，獨木舟很快就抵達潛艦附近了。

第二指揮官？你們全員到齊了嗎？中尉呢？動作快！

我們要被帶走了。您接著要去哪裡呢？施魯特先生？

等我跟下面的軍官交代完畢，就跟你們走。怎麼了，潘朵拉？

您是這些海盜裡唯一正直的人，而現在，您要拋下我們。

沒這回事。我永遠不會拋棄你們。我想對您說……

唔，小船在等了，潘朵拉。該隱已經下船了。

好個美麗的女孩，不是嗎？可惜我們都略嫌老了點，別人不把我們當一回事啊。您不覺得嗎？

我可從來沒想過要被誰當一回事。尤其不會是您含沙射影的那檔事。

啊是嗎?那是我會錯意了。好了,施魯特,他們還在魚雷艇上等我們。

該隱坐上另一艘小船。看來他還在生氣。

浮橋上,幾輛車正候著。

Ei te aroha o te atua,她好美,可不是?

是啊,接美女比接拳頭好多了。

請上車!

這車出了點問題,我得修一下。我先載你們到「修士」的宅邸,他兩天後才會到。

還在生氣啊?

沒有,我哪有生氣。

沒那個必要!

那就好!

我對這位傳說中的「修士」很好奇!

沒多久，車子在小丘上那幢有著迴廊的獨棟別墅前停了下來。

我們到了。這就是「修士」的宅邸。

挺美的。

嗯，還不錯。至少擺脫潛艦啦！

請自便，當自己家，修士很快就回來了。

你們可以使用有露臺的大房間。

希望你們住得舒服。若是有任何需要，請告訴我。我是「傳說中的史布罕多林」，Hasta luego（再見）。

真詭異，每個人都對我們好有禮貌。我開始有點毛了。誰知道這個修士是什麼樣的人？

依照我聽到的，他應該要兩百歲了吧。

當然不可能，但聽每個土著提到他的口吻，彷彿他一直都在。

怎麼可能！

怎麼了，你不開心？還在生氣？

沒有，只是有點心煩。我沒有生氣，我已經生太多氣了。我們離家這麼遠，爸媽大概以為我們死了。我們連這一切會怎麼結束都不曉得，而你卻一副沒事的樣子⋯⋯你根本是在刻意討人厭。

我搞不懂你。有時候，你表現得彷彿一切都與你無關。

我們要不要試著跟科多‧馬提斯交朋友？這個人顯然有他的優點。

不得不承認到目前為止，他總是在幫我們，不是嗎，該隱？

該隱，我在跟你說話……

好樣的，換成自言自語啦。我在迴廊上看到他。

你一定又對他說教了吧？願意的話，我開車載你去繞繞，如何，羅曼蒂克小珍珠？

我還在跟他說話，他人就走了。你打算帶我去哪裡？

在島上愜意的漫步蹓躂，這樣修士回來之前就不無聊啦！一起來？

當然！

「修士」是誰？該隱說，土著都以為他兩百歲了。

天曉得。雖然有時我也不得不信。但這不是真的，或許哪天等他跟您細說從頭吧。

話說，其實您不像給人的印象那樣難相處嘛！

我才沒有難相處！拜託！我都這麼努力了，真讓人灰心。

嗒咔！

嘶咔！

打滑！

駕駛猛力轉了方向盤一把，車子還是無可避免地往下墜……

科多·馬提斯以閃電般的速度……

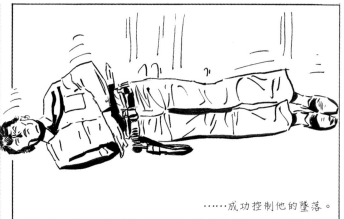

……成功控制他的墜落。

噗通！

靠，幸好我還留個全屍。

駕駛在車子墜落之前就死了，現在唯一要救的，就是潘朵拉，如果她還活著。

再搞我，我就要爆了！

沒多久，在岩石邊......

Odt Odt
Odt Odt !

海王星保佑，她還活著！

咘！ 咘！

蛤？

哇靠，章魚！

我的刀……我的刀呢？

這雷一般的聲響從哪來的？

可能是岩石崩落掉到海裡吧。

E parau mau tahi fee.

對、對，poulpeton，poulpeton。

哇喔！他被夾住了！

一只巨蚌夾住科多的腳。

空氣……

朋友，我欠你一條命。

這倒是。現在感覺如何？
Pupu naroa.

不會吧，現在是怎樣？

Taatoa……Mao……Mao……我們倒大楣了，是**鯊魚**！

鯊魚繞著我們轉，
表示很快就會發動攻擊。

我們分頭游！
一人一邊，擾亂牠！

好主意！
動作快。

好！

好、好，我不會
失手，patia maa
vanta, olà！

E meafifi rahi
mau!

- 88 -

科多·馬提斯怒氣沖沖穿過叢林……

我敢說一定是那傢伙！

真不敢相信他誇張到這個地步。

茅屋裡……

稀客啊，你是來陪我的嗎？

你根本無憑無據！

你這瘋子，幹麼毀掉我的屋子？

少裝了，你清楚得很！

我進門的時候，你正在清槍，為什麼？看來是為了消滅證據？算你運氣不好！

你倒底在說什麼！我根本沒踏出這裡一步。你根本在鬼扯，莫名其妙。

混蛋！想殺我，總有一天你會栽在我手裡。

開什麼玩笑，科多。我根本搞不清楚你在說什麼。

沒見過像你那麼無恥的人。你先是清了槍，擊斃開車的土著，然後⋯⋯

這個早上，我半個人也沒殺，還沒！不如等一下就先拿你開刀。不是我幹的！

那你幹麼要清槍？就這麼巧，是不是？

隨便你。等我哪天想殺你，也用不上這把槍，兩隻手就夠了⋯⋯

可惜時候未到。我需要你活著，你是我計畫的一部分。

快過來！修士回來了！

埃斯康迪塔的「國會大廈」鐘聲響起，召喚所有人集合，迎接修士歸來。

噹！噹！噹！噹！

今天的帳我改天再跟你算。反正，你只要記得開槍的人不是我。

我憑什麼相信你？在這裡放我下來，晚點見，哈仔。

如果不是哈斯普汀，那會是誰？施魯特中尉？不可能……他當時在船上。也不可能是卡尼歐和潘朵拉。那麼，該隱？

科多？

潘朵拉……我當時不知道……

不知道什麼？為什麼你看到我會這麼驚訝？

你以為我死了？

我……不知道你在說什麼，我得走了！

好，你走吧，該隱。但我為你祈禱，最好是我搞錯了，不然，我會要你付出昂貴的代價。

沒多久……

史布罕多林，你這副打扮是怎麼回事？

噢，為了潘朵拉小姐啊。這樣她才會覺得自己身在一個講究的地方。

真是……出去吧，傻瓜！

你生氣，是因為打扮成修女的點子不是你想出來的，對吧？我太了解你了。

不過，她沒事。你總開心了吧？

可憐的孩子，就為了這麼點事被波及。你先走吧，史布罕多林，順便把你這身裝扮換下來。

是您嗎？史布罕多林？

不。

還好嗎，羅曼蒂克小珍珠？

科多·馬提斯先生。

他們都告訴我了。您救了我。當時要不是您，我已經不在這個世界上了。

馬提斯，我想請求您一件事……

說吧，我洗耳恭聽。

請您保證，不會傷害……該隱……

- 94 -

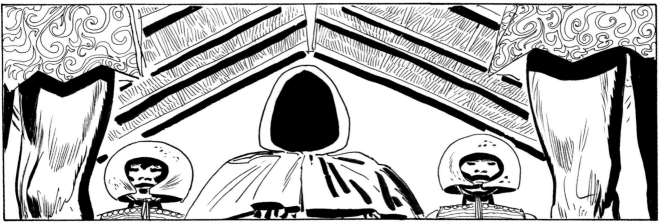

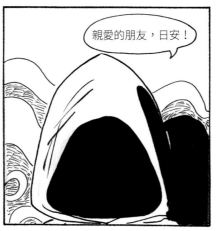
親愛的朋友，日安！

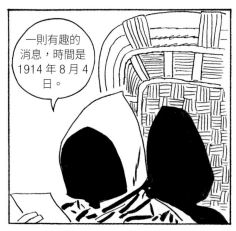

一則有趣的消息，時間是1914年8月4日。

英國向德國宣戰了，所以，我們也進入作戰狀態。

我已經部署了兩座島，當作馮斯皮克的補給站。

修士，我搶下了一艘載滿煤炭的荷蘭輪船，交給了加隆艦長。

我在馬萊塔島海域，救上了兩個年輕人，他們是英國富豪之子！但是科多‧馬提斯和施魯特中尉反對我的計畫。

我們的恩怨，不該牽扯到那兩個年輕人。

我提議將他們載到靠近斐濟的其中一個小島⋯⋯

不該牽扯到那兩個年輕人？您這是什麼話？

嘻嘻嘻！嘻嘻！嘻嘻！哈哈！哈哈！

夠了！

沒有人可以對我發號施令！沒有人！

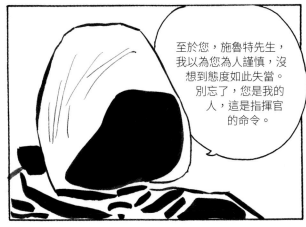
至於您，施魯特先生，我以為您為人謹慎，沒想到態度如此失當。別忘了，您是我的人，這是指揮官的命令。

而你，科多·馬提斯，你丟了一艘帆船，落得船員背叛，原因何在？

女人問題，主子！

再說，權力嘛，只在不得已的時候，我們才動用……

狡猾的傢伙，回答得可巧妙，馬提斯。從結果上來看，你沒有指揮控場能力，你太個人主義，又不受控。

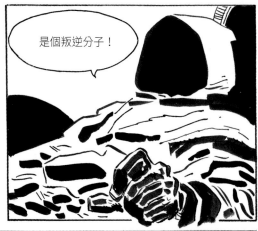
是個叛逆分子！

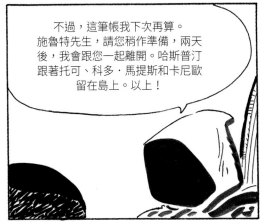
不過，這筆帳我下次再算。施魯特先生，請您稍作準備，兩天後，我會跟您一起離開。哈斯普汀跟著托可、科多·馬提斯和卡尼歐留在島上。以上！

好了，散會。再見，各位，晚上見！

那兩個年輕人會怎樣呢？

不會怎樣……

對修士來說，他們意味著一大筆錢。

但哈斯普汀呢？

哈斯普汀？他一文不值，什麼也不是！他什麼也做不了。我會盯著他。我和這兩個孩子很親。

您讓我放下了心頭一塊大石，科多·馬提斯。至於修士，您就別管了。

我啊，知道您會是個好指揮官。再會了，科多！

誰在乎呢！我迫不及待想遠離這一切，這裡真是座瘋人院。

外面有人！

來啊！進來！

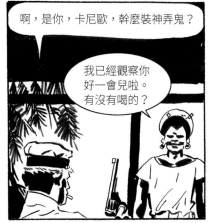
啊,是你,卡尼歐,幹麼裝神弄鬼?

我已經觀察你好一會兒啦。有沒有喝的?

有,自己來,卡尼歐。既然你人都來了,說吧,發生什麼事?

科多,聽著,唉,自從你們這些白人來了以後啊,事情就越來越棘手了。不過,這也是預料中的。

讓人難受的,是看到我的同胞捲入你們的戰爭,而且……

白人的壓迫與束縛,讓我們馬拉尼西亞人首次團結了起來。

唔,唔,我還真不知道你是民族主義者。

你高興的話,就稱它為民族主義吧,但總要有個開始。

偉大的祖國馬來尼西亞。

馬拉尼西亞人？那麼，玻里尼西亞人呢？

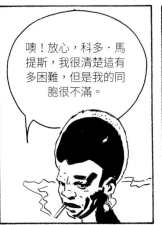

也一樣。

噢！放心，科多·馬提斯，我很清楚這有多困難，但是我的同胞很不滿。

風聲已經傳到其他海洋子民耳裡。斐濟群島、薩摩亞、東加……

我們現在，就像要將一件大衣的不同部分重新縫合……

哇，我來到裁縫工坊了。

看吧，你又讓我覺得自討沒趣……總之，你現在知道我的想法了。我已經厭倦了海盜的生活。

我走了。晚點見，科多。

晚點見，卡尼歐。

我得想辦法離開這裡。你會幫我嗎，塔奧？

好，一起走。

但要花點時間，等待適當的時機。你太急躁了！

你總是這樣，說要就要。

雖然我們各有各的考量，但你從沒想過別人的行動跟你的一樣重要。

塔奧，我是要你幫我，不是想聽你說教。為什麼你老是要左右我的行為？為什麼每個人都想教我該怎麼做？

我受夠了！

該隱！

您想幹麼？

我會告訴你！

今天早上出門前，我擦了我的槍，結果，

一小時後，我回到茅屋，槍還在原本的位置，但是卻有新的火藥痕跡。

有人跟我說，我不在的時候，你去過我那裡。

是你開的槍！

對！但我發誓，我不曉得潘朵拉也在車上……

我沒有想要……

你對馬提斯開槍，然後想嫁禍給我。

住手！哈斯普汀！

夠了。如果這孩子真的這麼做，表示他夠聰明。告訴我，年輕人，你怎麼會在這裡？你叫什麼名字？

該隱·葛羅斯維諾，先生。出身雪梨的葛羅斯維諾家族。

哈斯普汀，從今天起，葛羅斯維諾先生的人身安全就由你負責。

我？

用你的性命來擔保。

我……我同意，修士！請息怒。

你走吧，讓我清靜清靜！

那麼，葛羅斯維諾家族的朋友，跟我聊聊你的故事。

一切都發生得太快。我們本來搭著「阿姆斯特丹少女號」遊艇旅行……

阿姆斯特丹少女號？

是的，它先是起火燃燒，接著就沉了。至少就我所知是這樣。我的堂姊潘朵拉和我是唯一倖存者。

哈斯普汀的船把我們救起來，後來的事情您都知道了。

我想知道，我們有多大的機會能被釋放。

你是埃里亞·葛羅斯維諾的兒子。

是的，先生，潘朵拉的父親是塔迪歐·葛羅斯維諾。

嗯，塔迪歐。

那麼，你的伯父……我想想，叫什麼來著？啊，瑞納德·葛羅斯維諾……

他一直在澳洲的英國海軍總部。我們要出發之前才見過他。

總有一天，他會找到您，以及所有海盜。

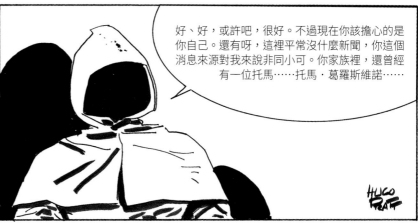

好、好，或許吧，很好。不過現在你該擔心的是你自己。還有呀，這裡平常沒什麼新聞，你這個消息來源對我來說非同小可。你家族裡，還曾經有一位托馬……托馬·葛羅斯維諾……

- 103 -

托馬伯父？這……請告訴我，您怎麼會認識我整個家族？

是伯父啊……

多年前，托馬伯父在一場火災中喪生了，就在塔迪歐伯父和瑪格瑞塔伯母的婚禮上。

關於托馬伯父，我只知道這個。家族裡的人不會主動提起他。您認識他嗎？

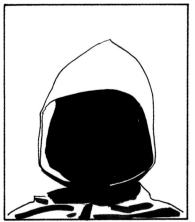

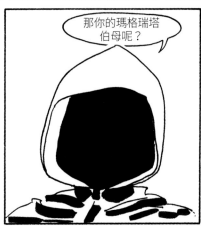

那你的瑪格瑞塔伯母呢？

瑪格瑞塔伯母在生潘朵拉的時候過世了，潘朵拉是我伯父活著的唯一動力。所以，如果您有點良心，至少應該通知我們家族，讓他們知道我們還活著，而且……

該隱·葛羅斯維諾，心臟是塊肌肉，打出來的是血而不是情感！該怎麼做，決定權在我。

可是……既然您對我的家族感興趣，我想，或許……

不要打主意，該隱！

尤其我在的時候。這是我的特權，只屬於我一人！

嘻嘻嘻 哈！哈！

他走了。他為什麼想知道這些事？

修士就如同孤獨的劍魚那樣瘋狂！

嘻嘻嘻 哈！哈！

修士，怎麼了？
告訴我⋯⋯

科多·馬提斯，
我的朋友，我見到
魔鬼，我心生
恐懼！

別讓我一個人，
我的朋友⋯⋯不要
丟下我⋯⋯

我沒見過他這個樣子。是不是最好跟著他？你也一起來？

我先去看一下潘朵拉，好了解發生了什麼事。

他看到潘朵拉以後就發瘋？太詭異了！

看到潘朵拉以後……我不懂。我真是受夠這整件事了。

史布罕多林，修士有跟潘朵拉交談嗎？

沒有啊！潘朵拉小姐在睡覺，修士走進去，看到她，然後就瘋了！我搞不懂！

看，科多，她安安穩穩地在睡啊。

很好，史布罕多林，好好照顧她，我晚一點再過來。

好，科多。欸你看，是卡尼歐。

嘿！科多，修士要見你！

他決定立刻動身，老實說，這完全不是他的作風。

好，我馬上過去！

科多·馬提斯，想想辦法。修士想把我留在島上。

你知道嗎，他想把我一個人留在島上，然後跟你離開，這太不公平了。

卑鄙小人。要是你以為這麼一來，

就有時間任你為所欲為，我保證你不會如願。

哈斯普汀，別耍白癡，也別跟我來這齣，懂了沒？

哪天我會
殺了你。

啊！你終於來了。卡尼歐應該跟你說了，我要提前離開。

嗯，我還遇到哈斯普汀，跟我補完後半段！

是的，他最好是留在這裡，老實說，我比較希望你跟我走，你是我的朋友！

好吧，但是，你是失心瘋才會讓這座島落入哈斯普汀手裡。我們前腳一走，他馬上會把這裡搞得烏煙瘴氣。

不，他不會的！有卡尼歐跟他在一起！

嗯……「有卡尼歐跟他在一起」，這樣就夠了嗎？我告訴你接下來會怎麼樣。

哈斯普汀會除掉卡尼歐，搶走我們島上的金銀財寶，然後告訴英國海軍總部這座島的位置，帶走兩位年輕人，並且透過中間人取得贖金，之後再釋放他們，接著在南美消失！

沒錯。如果是你留下來，一切將會改觀，可不是？科多‧馬提斯，你以為我是蠢蛋？你以為我沒有考慮到這些？

寶藏存放之處只有我知道，哈斯普汀只能乾瞪眼。況且我握有他犯罪的證據，足以把他送上絞刑臺。至於你……

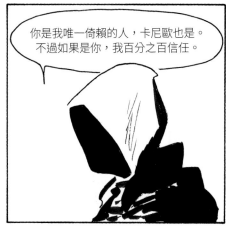

你是我唯一倚賴的人，卡尼歐也是。不過如果是你，我百分之百信任。

修士，你也可能失誤啊，要是我能帶著錢財遠走高飛……我馬上就動手！你還不明白嗎？

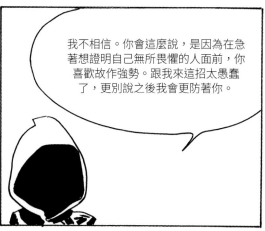

我不相信。你會這麼說，是因為在急著想證明自己無所畏懼的人面前，你喜歡故作強勢。跟我來這招太愚蠢了，更別說之後我會更防著你。

我不懂。你真正的目的是什麼？

我不想讓你留在島上，趁我不在的時候，給潘朵拉灌迷湯。你跟我一起走，就這樣！

不准笑！

你不該笑的……你不明白……你不明白……

該死的瘋子，放開我……

你不該笑！

我殺了我唯一的朋友，殘酷的宿命啊！

卡尼歐，你來代替我。你要持續監視哈斯普汀，讓那兩個孩子獲得良好的照護。我會跟你保持聯絡。走吧，施魯特中尉，是時候了。

沒多久，施魯特中尉的潛艦載著修士離開了。

十月的一個晴日……

1908年6月，我就是在這裡遇上船難，我漂到一座小島的海灘上，整個人要死不活。

土著和他們的頭目，也就是修士，對我很不錯。那位修士真是古怪的傢伙啊，但他的行事風格讓我有種熟悉感！

雖然，我從沒見過他的臉，但修士對待我的方式，就好像我們是同個俱樂部一樣！

後來，他突然就離開了，而我被囚禁在一艘獨木舟上，漂流到一座港邊停滿大型郵輪的島上……

那麼修士的島呢？在哪裡？叫什麼名字？

我不曉得，海圖上也沒有它的座標！

兄弟，您這經歷還真離奇。

是啊，非常離奇。他們稱那座島叫埃斯康迪塔，雖然我千方百計想知道它真正的名字，但島民說是「禁忌」。

啊，風向變了！

天氣很快會變糟，最好先前往哈提亞環礁，距離這裡只有幾海浬。

好主意。哈提亞是個不錯的環礁湖。舵手，右舷轉4度。

右舷轉4度！

還是沒有半點「阿姆斯特丹少女號」的消息嗎？

沒有，除了兩個獲救的水手，其他人都跟著船一起沉了。

裡面有我的姪女潘朵拉和姪子該隱啊……可憐的孩子。

幾小時過後……

看到哈提亞了！

就算現在下起暴雨，我們也安全了。

你在想什麼，瑞納德？你這樣心事重重好一陣子了，發生了什麼事？

我不明白馮斯皮克和他的艦隊如何能解套。所有德屬島嶼都沒有煤炭啊！他究竟從哪裡獲得補給？

這些都是我順勢丟給海軍總部的問題。

不如我派人去抓幾隻螃蟹，採幾顆椰子回來？

很好。這提議太好了！

小隊長，派兩、三個人去抓幾隻螃蟹，採些椰子回來。

班森、卡特，你們準備去抓螃蟹！

我們幹麼穿成這樣，就為了抓幾隻螃蟹？

安靜，弟兄！

唔，別操心了，可以上陸地我開心得很。

注意！準備執行抓螃蟹任務，前進，出動！

他們幹麼不自己去抓螃蟹？我個人對他們是沒什麼好感，你呢？

反正，他們從船上看不到我們。來抽一根。

嘿你看！那是什麼？

一個瓶子？

在太平洋荒島上的瓶子。裡面還有一張……

紙條！

走，回船上，好哥們。這太勁爆了！

隊長，我們發現一則訊息，事關重大！

沒多久……

你聽聽：「我是波尼多號上的船員。目前我們遭到了……」

「……一艘德國潛艦及武裝貨輪攔截。他們強制我們隨行。1914年7月。」

天哪，波尼多號！我們以為它早在三個月前沉了。

這下子，海軍總部要天翻地覆了。太平洋上出現潛艦，真是破天荒！

他們去哪裡找的燃料？

日安，卡尼歐，今天天氣真好！

早安啊，潘朵拉！

科多·馬提斯在哪裡？

他很好，潘朵拉。

他受了傷，我把他藏在這附近。哈斯普汀不會知道的。

那，施魯特中尉呢？有他的消息嗎？

有，雖然是間接的。

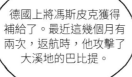德國上將馮斯皮克獲得補給了。最近這幾個月有兩次，返航時，他攻擊了大溪地的巴比提。

所以，修士已確保他與馮斯皮克的協議能順利進行。接著，他會繼續跟施魯特，干擾盟軍在那一帶的運輸。

不過，修士到底是誰？從哪裡來？

修士是個還俗的神父，也就是……不對！他是前新教牧師，取代了一位被逐出教會的修士。大概……是這麼一回事！

話說，修士原本是奴隸販子，東窗事發後，就被逐出教會，但他仍私下運作他的買賣，直到染上麻瘋。他一直獨居，直到一位總是蒙面的牧師出現。他們常起爭執，後來，老修士死了，年輕的便取而代之。

他就是當今的修士。但還有其他細節啦，比如島上沒有牧師，這正合我們的意。跟其他南海島民相比，這是我們的優勢。我們有巫師就夠了，我們需要的是可靠的人……

而不是滔滔不絕，空口說白話，只為了他們自己的利益。修士是惡人裡最好的了。哈斯普汀是殺人犯，但他有他的用處，科多·馬提斯也行，他不選邊站，是個自由不羈，見識很廣的人。但他也有缺點，他不想承擔責任。

恕我冒昧，卡尼歐，你怎麼會知道這些？

親愛的潘朵拉小姐，我跟您一樣，受過教育，而且是跟白人。再說，我有個靈光的腦袋。年輕的時候，我在維提島的律師事務所跟一位律師一起工作，那段經歷對我有很大的幫助。

現在想必您更明白狀況了，不過，這也表示您已經被捲入這場危險遊戲裡。

這些事，請小心別說溜了嘴。有些東西事關重大，牽扯太廣。現在，不管您願不願意，都無法置身事外了。晚上見，潘朵拉小姐。

晚上見，卡尼歐。

一艘日本的反魚雷艦！這是他們第一次航行到這麼南邊！想必他們打算在這裡登陸⋯⋯

他們一定是在找新鮮水果。總之，我們得迎戰。

通知哈斯普汀，叫他準備好，按照我們的防衛計畫！

塔奧，你看，有一艘日本戰艦。我們要想辦法引起他們的注意。

我跑去海灘。

你不可能跑得到的，該隱！

哼，試才知道！

日本是我們的盟友！

HUGO PRATT

我必須辦到！

天哪，我辦不到。

完了！

大兵，住手！給我留活口，把他抓起來！

他想通知日本人，哈斯普汀！

我知道，但他現在打消念頭了。不是嗎，該隱？

是啊，不過，我會再試的……

哦！

噢！

此時，日軍登陸了埃斯康迪塔島。

都沒有人來迎接我們啊，實在不尋常！

嘿，有村莊！

小心，那裡有人。眼睛放亮點。他們的行為模式不好捉摸。

我是村長，此乃禁忌之島，我們在此傳授年輕人巫術儀式。諸位有何貴幹？

我很抱歉，村長，我們一無所知，只是想找看看有沒有水果與螃蟹！

你們可以獲得水果和螃蟹，但必須立刻返回貴國的反魚雷艦上！

回到我們的「反魚雷艦」上？一介野人竟然能分辨出船隻類型，這就奇了。算了，反正我們登島，也只是為了水果和螃蟹……

在茅屋裡……

若能靠近那扇窗，我可以大喊引起水手的注意……

女哨兵一直緊盯著我，但她無法阻止我尖叫……

中尉！我是美國人，我遭到囚禁！

誰在叫喊？那間茅屋裡發生了什麼事？

請稍待，中尉！

此刻，機槍的槍口正對著你們。
Ka hana eta arao mao ata-ata tata.

我很遺憾，若不是那位女子尖叫，你們其實可以安然離開。但現在不可能了。

你們不可能與戰艦對抗！
別傻了，認清事實！

那就見識
一下吧。

嗶！

一號砲，
預備！

二號砲，
預備！

三號砲，
預備！

奇怪！
怎麼看不
到半個人
影！

嘿，那邊，山坡上
好像有什麼動靜！

四號砲，發射！

磅！

怎麼可能！

你們這些野蠻人！

他們都死了，
卡尼歐！

嗯，要不是潘
朵拉尖叫，也
不會造成這樣
的局面！

卡尼歐！
幹得好啊！
兄弟！

半點渣滓也不留，被砲彈擊中
的應該就是「聖芭芭拉號」吧。

嗯，應該吧，
真可惜。

可惜？
怎麼會。德國
人還得獎賞我
們一番呢！

卡尼歐，你啊，轉變真大！既然
他們付錢要我們摧毀德軍的敵
人，一切就照規矩來。倒是
潘朵拉，應該被教訓教訓。

把她押去抽個幾鞭，讓
她腦袋清醒清醒。

必須懲處她！
因為她犯的錯，
害我們差點被
日軍發現！

我們不會懲處任何人！
否則修士永遠不會原諒
我們，你很清楚！

聽好了，卡尼歐，
這是 .38 口徑史密
斯威森，在槍口下，
就算是修士也免不
了一死！

哈斯普汀，你
知道我討厭你
哪些部分嗎？
幾乎全部！

你在自掘墳墓，
卡尼歐！

砰！

我早跟你說過，哪
天我會斃了你！就
是現在！

愚蠢的食人族！要是
他知道分寸，我們好
歹可以當朋友！

修士！你從哪裡冒出來的？
什麼時候⋯⋯

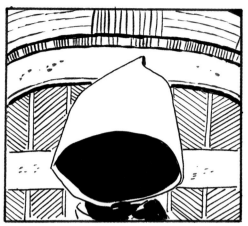

人偶？一尊該死的人偶！

要不是知道科多·馬提斯已經死了，我敢說這一定是他開的玩笑。修士明明把他推下懸崖了啊。見鬼！哈仔，你看到幽靈了嗎？

或者，這是個信號⋯⋯
科多·馬提斯還活著！

看，哈斯普汀原形畢露了。你知道他殺了卡尼歐？

嗯，我知道，該下地獄的劊子手！

如今，他也會把我們殺了。已經沒有人會保護我們了！

你錯了，該隱！

科多·馬提斯沒有死。他被安置在島的另一邊。

科多·馬提斯？這……你怎麼知道？

卡尼歐告訴我的！

卡尼歐在礁岩間發現科多，救了他。只不過，科多的傷勢應該還沒完全好。現在，卡尼歐不在了……

我們得想辦法幫他才行。有他在，我們才安全。

該隱！潘朵拉！是我，塔奧，都準備好了！

現在海灘上沒人，要走正是時候！

嗯……

動作快！

帆船不大……但我們三人還可以。

我帶了一些備糧，撐兩、三天應該夠！

那就動身吧！你們還在等什麼？

好，只是……

我們不能拋下受傷的科多不管，他無法保護自己。

我想留下來！卡尼歐死了，哈斯普汀又失去理智，科多·馬提斯需要幫忙。

什麼都別說，我已經決定了！

可是……

你得離開。你留在這裡會成為負擔。你跟塔奧一起走，看能不能抵達有英國皇家海軍駐紮的島嶼。

該隱……

這是最好的解法，潘朵拉。你留在這裡太危險了。去吧！現在就走！

至少，潘朵拉不會落入哈斯普汀手裡，塔奧知道要怎麼把她帶到安全的地方！

現在，我要先找到科多·馬提斯。這應該不會太難。大部分的土著都在慶祝對抗日軍的勝利，醉醺醺的。

哈斯普汀應該也醉了才是。

我很高興潘朵拉不在這裡，這樣我和科多·馬提斯的行動才不會綁手綁腳。可憐的卡尼歐，好淒涼的下場……

目前為止一切順利，眼前就是卡尼歐住的茅屋了，裡面或許有武器。

希望沒被任何人看到…………

應該可以找到步槍或手槍之類的……

哇！怎麼……

科多‧馬提斯？

咦……該隱！你在這裡幹麼？

我在找你。我是為了你才留下來的！

為了我？哦！這表示我多了個朋友，是吧……

好，該隱，你很勇敢，真的非常勇敢。不過現在，先別管這些了。卡尼歐死了，修士離我們很遠，埃斯康迪塔島現在是哈斯普汀稱王……看來，我們要好好玩一場了！

欸！等等！你剛才說什麼？你為了我才留下來？那潘朵拉呢？

潘朵拉和塔奧搭帆船逃走了。我本來也該跟他們一起走，但我比較想留下來。

你昏頭了吧，該隱，真搞不懂你。好吧，事情發展至此……我很高興有你在。走吧！

遠離了埃斯康迪塔島……

海鷗飛走了，這表示我們距離島已經很遠了。

要是他們到現在還沒追上來，他們也追不上了。可以放心了，潘朵拉。

放心？就我們兩個，窩在核桃殼大小的船上，在太平洋中央？

別擔心，天氣這麼好，我們毛利人一直以來可是與海和諧共存。我們的子民會乘著大舟從波拉波拉來到這裡，不是沒有原因的。

波拉波拉靠近大溪地……

你們是怎麼來到這麼遠的地方呢，塔奧？

我的族人乘著三艘大船而來：泰努伊、托克瑪魯和阿拉瓦，他們循著鳥的飛行、浪與潮流方向的指引，入夜時，就仰賴星星，尋覓著一座島嶼。

傳說中，那座島是大巫師毛伊從海底深處釣起，獻給偉大的庫佩，也就是瑞亞提亞貴族後裔。當海水與空氣冷卻下來，船隊的首領，全身布滿刺青圖騰的塔馬提亞，瞥見地平線上有一道發光的長雲，偉大的巫師大祭司納托羅伊瑞吉，鼓舞著划槳的族人，

要大家拿出加倍的氣力，船帆順著風鼓起，然後……你在笑什麼，潘朵拉？

沒有……我覺得你的故事很迷人，繼續講啦，塔奧！

可是……好吧，總之，船在此起彼落的海豚中快速前進，在白日將盡時，那道長長的雲……

逐漸清晰，那是奧特亞羅瓦，也就是你們口中的紐西蘭。他們登上那座島，和棲息在海灘上、後來被稱為「摩亞鳥」的巨鳥奮戰！毛利人就這樣在島上定居下來。現在，你明白為什麼我的族人不怕大海，而且遍布各島了吧！

那，卡尼歐也是毛利人嗎？

不是，卡尼歐來自斐濟群島，是馬拉尼西亞人，他跟那些從新幾內亞前往俾斯麥群島、索羅門群島、新赫布里底群島、以及最後到斐濟的原住民，似乎都來自同個種族。

可是塔奧，你怎麼會知道這些事？我從來沒有聽過……

我一直對這些事情很感興趣。這也是 Miss Star 教我們的。

看，好美啊！塔奧！

很美。當他們這樣飛起，表示接下來幾個小時裡都不會有風。

那麼，從現在到晚上，你要怎麼辨認方向？

若我沒記錯的話，是星星指引你方向。但如果白天沒有持續的風，你怎麼辦？

他會指引我！

啊！但那可是一隻鯊魚！

是摩奧！他已經跟著我們好一陣子了！

摩奧？你的口氣像在講一個老朋友。

摩奧是我們所有毛利人的好朋友。幾個世紀以來，總是陪伴我的族人長征遠渡！

不用怕，潘朵拉。摩奧是朋友。他只是想要有人陪。

我不用牠陪也無妨。

你最好睡一下，潘朵拉。

那你呢？

我不累。這蓆子拿去蓋，你們不是毛利人，夜晚對你們來說太冷。

於是毛伊啊，漁夫的指引，庫佩啊，任由一座美麗的島嶼將他勾引迷惑，而所有人都說是「闍戈」……♪♫

嘿，鯊魚！

鯊魚朋友，帶領我前往奧特亞羅瓦，帶領塔奧，就像你帶領塔馬提亞和阿拉瓦，還有他們之前的托克瑪魯和泰努伊一樣！

在旋轉砲塔的是我們的舊識：
施魯特先生。

施魯特先生，
修士要見您。

嗯，跟我
換手。

您找我？有什
麼事嗎？

我聯絡不上
我們的島，

可能出事了。我已經連續三天
聯絡不上卡尼歐。

我們失去了聯繫。這事
您怎麼看？

我想，是埃斯康迪塔不
想與我們聯繫！

放肆，施魯特！
我是修士，埃斯康
迪塔島的王！

您問我意見，
我只是照實回答，
您有什麼打算？

折返埃斯康
迪塔吧。

真可惜。這樣我們會失去擊沉
「坎布拉」的大好機會啊，上
面可都是女人和小孩。

還有載滿旅客的「納格
馬魯」郵輪，現在我們
可是執行這類任務
的專家嘢。

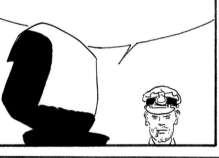何必話中帶刺，施魯特？總不能僅僅為了成
全您的騎士精神，就放了那些人吧。我怎麼
可能白白損失 7500 噸而無所作為！

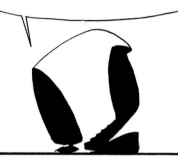高尚的潛艦中尉，我不必跟您
交代前因後果，您必須完全按
照我的命令行事！

再說，現在後悔也來不及了。我們被
英國和日本艦隊視為海盜追緝，您也
一樣，在英國皇家海軍總部提供給各國
的名單上。

現在，我們要做的就
是回到島上。再籌劃
下一次行動。

在這期間，小船繼續朝
西南方前進……

我不舒
服……

再這樣下去，
潘朵拉撐不了
多久了……
我必須快點
靠岸！

Hata-hata-eua, hata-
hata-rù, rhata-hata-eua,
rhata-hata-hu!
鯊魚，我要找
一座島！

不能太遠的島，
一座島……

一座名為……

布拉娜拉的島！

我們到了，潘朵拉，
你看！

再會了，摩奧！
Joa-rana!

發生什麼事？

以木星之名！我不敢相信我的眼睛，一個紐西蘭
的毛利人出現在布拉娜拉？你天殺的怎麼抵達
這裡的？

若您看到我身
後這位，您會更
訝異，長官！

天哪！白人少女！

快，誰去叫醫生過來！順便通知上校，**快**！不要像笨蛋一樣杵在那裡！動起來！

白人少女和毛利人！出現在布拉娜拉？不可思議！

簡直匪夷所思！你們是怎麼來的？我是說，見鬼了！你們是誰，從哪裡來？

我是潘朵拉・葛羅斯維諾，他是塔奧，我的朋友，他三番兩次救了我。

我們來自埃斯康迪塔島，修士之島，我本來跟堂弟該隱・葛羅斯維諾被囚禁在島上。德國人利用那座島來打阻擊戰，然後……

潘朵拉繼續說著……

- 142 -

與此同時，在埃斯康迪塔……

哈斯普汀，我們有兩個星期都沒有這裡的消息，你的理由不成立，無線電明明運作正常！

倒是我沒看到卡尼歐，他人呢？

我不得不處死他，修士，他打算向日本投降，但是我……

所以你殺了他？還奢望我會相信你的鬼話？哈斯普汀！該死的瘋子！為什麼？

他打算叛變，相信我，這是真的！

卡尼歐激怒你，於是你殺了他，如此而已。你就感謝眾神吧。

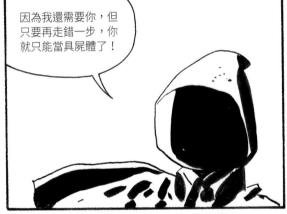

因為我還需要你，但只要再走錯一步，你就只能當具屍體了！

葛羅斯維諾那兩個孩子去哪裡了？

他們失蹤了，跟那個年輕的毛利人。我們四處都找遍了，他們就這樣不見了。

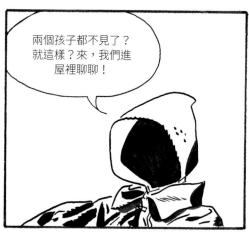

兩個孩子都不見了？就這樣？來，我們進屋裡聊聊！

混蛋！我早該斃了你，但你還有利用價值……

修士！

對，如你所見，我還活跳跳的，如假包換。好了，現在，安靜聽我說，不要歇斯底里……

這次，我做好防備了！你應該已經知道，哈斯普汀為了奪取這座島和寶藏而殺了卡尼歐，另外，他顯然對潘朵拉也別有居心。

繼續說！

因為從懸崖摔下來
的骨折還沒好，

我無法保護那兩個孩子不落入
偏執狂哈斯普汀手裡，

於是，塔奧偷了一艘小船，帶女孩逃走。此
刻，要嘛他們已經死了——這點我存疑，
要嘛他們已經找到
了願意收容他們
的船。

若是後者的話，這
座島就危險了！

我們得放棄這座島！我們
必須離開埃斯康迪塔。

儘管如此，他們未必能
馬上找到這裡，也許要
花上幾個月的時間！

我不認為，修士。以塔奧的
航行技術，相信英國皇家海
軍總部很快會發現我們！

簡單地說，你建議我逃
走？放肆！草率！這座
島是我的！修士會死，
但不會逃！

以木星之名！這還真是大消息，老兄，你看看。

靠！得馬上通知總部！前往布拉娜拉。

在埃斯康迪塔。

幸好，修士讓我自由行動。

也沒有因為潘朵拉逃走而興師問罪！

還好嗎，該隱？

噢！日安，施魯特先生！

您發生了什麼事嗎？

是啊，孩子，一個人能遇到的所有最糟的事！

這整件事讓我動彈不得，卻又擺脫不了，而且到頭來，只是徒勞一場。

馮斯皮克和他的手下，在馬維納斯群島*遇上英國皇家海軍……

*譯註：馬維納斯群島即福克蘭群島。

- 148 -

英國獲勝了，
該隱！

你們贏了，而我的國
家，呂貝克城，現在
應該下雪了……

相反地，這裡，到
處是陽光。晚點見，
該隱！

再見，施魯
特先生！

您在想什麼，施
魯特先生？

噢！剛才沒看到
您，科多……

我想著過去的時光，不經
意地……朝著青春走去！
人們總是試著重返……

停駐在過去，彷彿看
守著一座墓園。

儘管無意識。

好傢伙……我敢打賭您現在好多了。

是啊。

給個忠告：不妨看看旁邊那些美麗的女孩，繫著樹葉編成的裙子。去陪她們坐坐吧。

何必等到秋天呢，我的朋友！

您知道嗎，科多？

您真是討人喜歡的海盜！

盡我所能，施魯特先生。您也是，您是個討人喜歡的軍官。

再見，施魯特先生，聽從老江湖的建議。試著從這場冒險全身而退吧！

與此同時，在幾千海浬的南方……

從地圖看不出什麼端倪。

幫我傳喚跟著弗雷貝格船長支隊登船的那位新兵過來。

中士，指揮官要見跟著支隊登船的那位新兵！

收到。

喂，你……我不清楚狀況，不過，指揮官請你過去一趟！

很好，小夥子。我要請你為我們指引前往埃斯康迪塔的航線。

白天我沒有辦法，必須等到夜晚降臨，星星出現的時候。如果是現在，我就得召喚鯊魚！

聽好，小夥子，戲弄我們是沒有意義的。請理解，我們必須找到埃斯康迪塔島。

我會為你們找到它，但白天，若沒有我的鯊魚朋友，我做不到。

鯊魚？可是，孩子，要是我把這句話轉達給海軍總部，他們會把我當笑話看！

這是真的，瑞納德伯父！我親眼看到塔奧……我的朋友這樣帶我到布拉娜拉。很不可思議，但千真萬確！

召喚鯊魚？

是的！瑞納德伯父，雖然很難相信……

好了，潘朵拉！算了，總之，

我們家族遇到瘋狂之事的人也不只你一個。我們就等晚上吧……也快了。

停俥！

怎麼……誰？什麼事？

我嚇到你了，該隱？

嗯，有一點。我正在想事情，沒有發現您來了。

該隱，我們很快會放棄這座島，你得跟我一起走。

埃斯康迪塔將會被英國人占領，我不想親眼看到這樣的事。

我懂，我會是您的人質！

不，該隱，我帶你走，不是要把你當人質，而是因為我很喜歡你！

有很多事，你都不知情，但對我來說，你很重要，潘朵拉也是。只可惜，或者應該說幸好，她離開這裡了！

潘朵拉？我記起來了，您第一次見到她的時候，陷入了一種無法自拔的激烈瘋狂，為什麼？

為什麼？因為她把我帶回了我的青春年少，突然，彷彿是另一個人出現在我眼前……

一個占據我全部生命的人，我一生的渴望。

我不懂，修士，潘朵拉讓您想起某個人，這個人是誰，想起她竟然讓你發狂？

你的伯母，瑪格瑞塔，潘朵拉的母親！

瑪格瑞塔？

是的，孩子，瑪格瑞塔。我……我曾經非常愛她！

現在，我明白何以你問我那麼多關於我家族的問題了。

可是，話說回來！您是誰？修士？

不重要。算了吧，該隱！

聽我說，塔
基甲彭！

我們可以把寶藏裝滿你的魚雷
艇然後走人，我們五五分帳……

你不是認真的吧？
你以為修士那麼蠢？

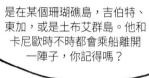

寶藏早已移到安全的地方，
只有他知道的地方！

是在某個珊瑚礁島，吉伯特、
東加，或是土布艾群島。他和
卡尼歐時不時都會乘船離開
一陣子，你記得嗎？

嗯，我想他們早就帶走了埃斯康
迪塔大部分的寶藏，這裡恐怕所
剩無幾。所以，要是我們必須棄
島離開，最好安分一點！

跟著「修士」才會找到寶藏，要不然就是
一場空。再說，以你這麼「純」的海盜身
分，很難回到自己的家鄉吧。我也一樣，
日本海軍因為我叛逃又做了海盜，正在通
緝我，戰爭一結束，我就要去南美。

智利，或阿根廷也可以。至於你，要
是你夠機靈，就不會密謀設計修士，
而是找個安穩的地方、順眼的伴，花
你的金銀財寶。多說無益，依我看，
你根本不曉得你想要什麼。

那好！真是謝謝你的情報啊，獐頭鼠
目的傢伙！只是問問要不要合夥，沒
想到就讓你嚇得屁滾尿流！

我看透你了，塔基甲彭！包括你這
通篇偽善的理論。還真夠義氣啊！
想來你什麼都怕，尤其怕我，這種
童話你也編得出來，真沒種！

你走吧，彭仔！好好考慮一下我的提議！

晚安，塔基甲彭！還好嗎？

噢！科多·馬提斯！

怎麼可能會好？哈斯普汀越來越胡攪蠻纏。他提議跟我對分修士的寶藏，只要我跟他一起走！

啊，很不錯啊！快樂似新婚小倆口，聽我說，美人兒，

我們很快就會離開埃斯康迪塔，修士跟施魯特的潛艦，哈斯普汀和我駕雙體船，而你的魚雷艇照理要帶上該隱……

我說「照理」，但你就把他留在島上吧。我不希望這孩子被捲入其中。他留在這裡，會有他的同胞來接他，這樣他就能回到家人的懷抱，我不希望他的生命受到威脅。

至於你，若是不照我的吩咐去做，有生命危險的就是你了！

啊！所以現在每個人都衝著我來是吧！怎麼不下地獄啊你們！

POP!

出現閃光信號，他們找上門了。皇家海軍啊，比預期時間更快抵達！

接下來呢？

準備動身。別忘了該隱的事！

好，科多，我過去魚雷艇那裡！

該隱！

是我！起來，快！

唔……怎麼了？出大事了嗎？

沒多少時間了，該隱！你必須離開，現在就逃！我賭上了性命來幫你，這個機會不能錯過！

等等……為什麼我要逃？為什麼一定要在這個晚上？

因為埃斯康迪塔很快就會變成地獄，你必須到我指定的地點去，否則你會陷入這場混戰……**起來！**

科多，我不懂，發生什麼事？

盟軍要登陸了！

理論上，你必須跟塔基甲彭離開，但你不要真的上船。你留在這裡等等英軍或天殺的任何人派來的軍隊，我會跟著哈斯普汀，修士跟著施魯特。沒多久，你一定可以和潘朵拉還有塔奧重逢……

我得走了，該隱。你現在就去島的另一頭。不要讓任何人看到，躲好，躲進你知道的那個巖穴，直到一切平息！

勇敢點，我的朋友，也許哪天我們會異地重逢……在較好的情境下。別了，該隱！

別了，科多·馬提斯！謝謝你做的一切，天曉得，也許命運會在哪天讓我們重聚！

現在，去吧！該隱！

希望這孩子一切順利。我沒時間浪費了，必須趕到修士那裡去……

沒多久……

收到消息了，修士？

對，都已安排妥當，我們可以走了！

明天他們抵達時，這裡會連半個人影都沒有，我們將前往皮特肯群島，一切照計畫進行。再會了，科多·馬提斯！

我得找到哈斯普汀，在他旁邊可要做最壞的打算。

砰！

槍聲……
誰開槍？

聲響來自前往修士住處的小徑那一邊！

天殺的！我又要從這頭跑到那頭，到底為什麼這樣逼我？

施魯特！

是誰幹的？

修士……救救我的部下……

他想奪下潛艦，他會殺掉所有水手……

吘噠吘
吘噠吘噠！
吘噠吘噠！
吘噠吘！

來不及了，施魯特……

但我會救活你，讓你替他們復仇！

我們已把剩下的黃金和打算追隨您的人送上船,至於那些跟女人和小孩留下來的,要是武裝對抗英國海軍,後果會很慘烈!史布罕多林說,你和哈斯普汀,手腳最好快一點。

我會跟你走,科多。不過,史布罕多林是對的,就跟卡尼歐的想法一樣,我們的族人沒有我們也可以安穩度日!

是的,沒錯,我們最好盡快離開。走吧。

我不能告訴他受傷的施魯特在巖穴裡,不然他們會把他交給英國人。

但是,在這種情況下,我也無法帶他走。老天爺啊,我把自己當成保姆了嗎!

該隱這孩子在史布罕多林手上,他會把他毫髮無傷地交給英國人。

不要動!我們是紐西蘭巡邏隊!

我認得這聲音,要是我猜得沒錯,我們最好安份點。

嗯,我知道是誰!

是的，科多·馬提斯先生，你們現在是我們的俘虜！

哇！你晉級啦？從食人族變成紐西蘭士兵！

我從來就不是食人族，但我的祖父是。所以要我馬上變身也行！

我知道……開開玩笑而已！

聽到潘朵拉安全無恙，你應該很高興吧？

是的，我很高興！該隱也安全了，你也感到高興對吧？

當然！但是，現在，前進，別再開玩笑！

你還真會演！

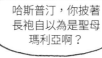

哈斯普汀，你披著長袍自以為是聖母瑪利亞啊？

史布罕多林背叛了我們，讓紐西蘭軍隊登陸，然後自立為王！

這也算不上背叛。你穿一身圖依東加王的服裝做什麼？

他想封自己為埃斯康迪塔之王，太可笑了！

先把他們關起來。晚上再把他們交給海軍司令！

沒多久……

我的偵查員和紐西蘭遠征軍任務就到此結束，該隱在哪裡？

你可以在北邊岬角找到他。他正準備登船！

該隱！

塔奧！

又見面了，好開心！

潘朵拉也很好！

史布罕多林全都告訴我了。真慶幸沒有演變成流血事件！

看吧，他們登陸了！

前進，動作快！不要拖拖拉拉！

真不敢相信！要不是科多·馬提斯，我現在一定在塔基甲彭的魚雷艇上了。

嗯，我知道。

但是我跟「探險者」巡邏隊登陸時，把科多·馬提斯當俘虜抓起來了。他原本要搭哈斯普汀的快艇逃走。

真不巧，但我會想辦法幫他的。

兩三天後……

好啦，目前就是這樣……

很好！當地土著在非自願的情況下，跟修士、哈斯普汀和科多·馬提斯這類勢力龐大的海盜妥協。

弗瑞札！這名土著說潛艦的指揮官遭到修士槍擊，被科多·馬提斯藏了起來。

沒多久。

科多·馬提斯，您是整個事件裡唯一的豁免者。該隱和潘朵拉都替您作證，而敵對行動開始後，您不曾投入任何戰鬥任務，這點也對您有利。因此，英國海軍總部決定對您從寬處置。目前，就等您跟我們合作……

合作？合作什麼？

科多·馬提斯，我們知道您把德國潛艦的指揮官藏了起來，施魯特中尉，就在島上某處，嗯，我們想活捉他以便……

針對其背叛與海盜行徑進行軍法處置。這場審判的政治考量與我們無關，但既然他們要求……

因此，我們必須活捉這個人，他將會跟其他我們在薩摩亞島逮捕的德國軍官一起審判。

您是唯一能夠接近他的人，他不會對您有所防備。做為交換，您將獲得一千英鎊，以及在我們管轄以外的任何地方都有效的通行證。

唔……一千英鎊加上通行證！

是的！一千英鎊……還有一張通行證！

嘿嘿！處處通貨膨脹呢，以前啊，30銀幣就夠了！

HUGO PRATT

哨兵，把俘虜帶回茅屋！

我一口痰差點就往那船長臉上吐過去了！

以聖人之名！

BOOM!

（爆炸聲）

維多利亞號爆炸了！

看！反魚雷艦維多利亞號正在下沉，之前聖芭芭拉號也遭到轟炸。

還好船上人不多！

沒錯！

救生艇出動了，希望沒有傷亡。

會是誰幹的？

撐住，兄弟們！保持冷靜，就快到了……撐住！

救命啊！

又有一個，抱著浮木……

我往右划。

別管我……讓我一個人……

欸！竟然是個德國人！

穿著英軍制服的德國人！

這狗娘養的是個**德國人！**

水手，冷靜！這個人要為摧毀維多利亞號負責。他必須在軍事法庭前接受審問。

把他交給我們，我們會替審判長省點事，軍官！

嘿！叫軍事警察過來！我們抓到破壞分子！

了不起！弟兄！這一定是被安全局通緝的那個傢伙！

我的天，是施魯特中尉！

是他炸了維多利亞號！

大事不妙，他被抓的時候穿著英軍制服。

我們得做點什麼才行。我們可以跟瑞納德伯父談談，你得去一趟，潘朵拉。

不，沒有用的。施魯特中尉很清楚他冒著什麼風險！

是沒錯！但施魯特是我們的朋友，看到他這樣的處境讓我心痛！

我也是。能為他做的，我們就去做。

你們清醒點，我們都很清楚，施魯特中尉完了！

是啊，塔奧。但沒有人會替他辯護，除了我們！

今天，1915年1月18日，本軍事法庭，於此次特別召開之會議，查明俘虜克里斯提安‧施魯特，德國籍，犯下以下罪狀：

叛國、海盜、殺人、破壞行動與間諜行為，及穿著紐西蘭軍隊制服 *。本庭決議於明日，1915年1月19日，上午六時，予以槍決。

克里斯提安‧施魯特，您有什麼話要說？

有，你們都下地獄吧！

*譯註：一次大戰時紐西蘭仍為大英帝國效力。

在這段時間裡……

審判結果是無法撤回的，潘朵拉！

我知道，但是至少你可以撤銷海盜跟叛國的罪名！

潘朵拉，有時候你讓我哭笑不得。施魯特必須死，罪名只是給活人看的，讓海軍總部好辦事。

這我很清楚！

所以？既然你懂，又何必多此一舉。

怎麼會是多此一舉？我了解施魯特中尉這個人，這對他有意義！

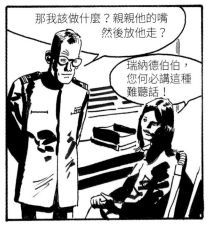

那我該做什麼？親親他的嘴然後放他走？

瑞納德伯伯，您何必講這種難聽話！

你的朋友施魯特帶著十五個部下，擊沉維多利亞號，還摧毀了好幾艘商船。對你來說可能沒什麼，但是在我們國內公共輿論看來相當嚴重。這就是為什麼我們必須獻上你朋友的項上人頭。我很抱歉，這不是你想聽的。

你說的沒錯，瑞納德伯伯，但你只是想叫我別插手。然而，我無法忘記施魯特總是試圖保護我們。你身為軍人，要是上司命令你做出違背個人原則的事，你會怎麼辦？

我不相信原則。原則不存在！存在的只有法律，以及事實。而施魯特剛好落到了他們手裡。

你沒有回答我的問題！

沒什麼好回答的，這是個荒謬的問題。被判刑的是施魯特，不是我。我無能為力！

別忘了，瑞納德伯伯，他幫助了我們，請你撤銷他海盜跟叛國的罪名！

我沒辦法！我唯一能做的，只有准許你去看他！

謝謝。

我有葛羅斯維諾指揮官的許可,我要見施魯特先生。

沒問題,但必須提醒您,您只有一點點時間!

請往這邊,葛羅斯維諾小姐。

犯人施魯特,您有訪客。

您何必用這種憐憫的眼光看著我?您想做什麼?為什麼要來?

倘若是您伯父要您過來,期望從我口中套出更多話,

那麼他就錯了。我什麼都不知道。再說,就算我知道些什麼,我也不會開口!

他們的指控令我不太舒服,但我明白他們的立場。

我本應能抗命,但這意味著要違抗整個體制、傳統,以及其他荒唐蠢事。

犯人施魯特,時間到了。若您希望,軍中的神父在這裡……

對了,就連神父也是遊戲規則的一部分。遊戲規則是這樣的:我遵照指揮官的命令,所以現在英國人要槍決我,但是倘若我不服從,就換德國人來槍決我。

不需要神父！不需要延長偽善，我已經準備好了，中尉！

葛羅斯維諾小姐，您該離開了，看著犯人被帶走不是什麼愉快的事！

我要留在這裡！

潘朵拉！

犯人施魯特，在行刑之前，您可有什麼話要說？

沒有，船長！

我必須告知您，葛羅斯維諾指揮官撤銷了您叛國以及殺人的罪名。您要來支菸嗎？

請幫我謝謝他，並表達我的敬意！

我看到有其他德國俘虜，請允許我與他們說幾句話，船長。

就幾句話，水手，你們來自哪裡？

我們原本在「女武神號」，但在薩摩爾島跟其他同胞一起遭到俘虜。他們把我們送到大溪地，然後，會把我們載往智利。

我是海軍中尉施魯特，在這些島上執行特殊任務。稍後即將被槍決。如同你們所看到的，我在一場戰爭行動中，失去了身上的制服。您可否願意給我您的上衣？我將萬分感激，水手！

在下水手波維克，施魯特先生，請原諒我們沒有認出您！很抱歉是在這樣的情況下幫上您。

注意，上膛，瞄準！

射擊！

葛羅斯維諾，結束了！

嗯，我沒有聾！

很好，文件已經修改完畢，從今以後，施魯特便是英雄了。

你本想反諷，最後卻只落得刻薄，老戰友，這兩者之間的差異，就如同打嗝與一聲嘆息！

嗯，至理名言都讓你說完了，讓我把該釐清的事情處理完吧。施魯特死了，而我們要是想撤銷他的叛國罪，等同我們是因為他擊沉「維多利亞號」才處決他。

然而，作為敵方，這是他該做的，就算他利用我們的軍服當掩護。再加上若我們撤銷他的殺人罪，即是合法化他那些破壞商船的行為；那麼，海軍部長會因為我們艦隊防衛上的無能而大為震怒。你懂吧。

當然！

之於公共輿論，我們該獻給他們的是個德國海盜，而不是一位英國皇家海軍成員，高層想必不會饒過你。

實際點，瑞納德。過不了多久，你就會被任命為海軍准將了，你也會擁有自己的部隊。難道你想毀掉自己的軍旅生涯，在部裡的辦公室處理行政事務做到死？

你有什麼建議？

實際且合理的解決方式。把你對那個浪漫軍人的顧慮放到一旁，留下關於他叛國與殺人的指控，再說，他人都死了，也沒什麼好操心了。在我們這樣的等級，任由自己展現騎士風度與浪漫，是虛榮心作祟。我們必須更嚴肅看待事情。

嗯，的確有理。

我無法理解我怎麼犯這樣的錯。謝謝你的建議，哥兒們。喝一杯。

來吧，塔奧。這是施魯特原本住的小屋。或許還有什麼軍事警察沒發現的東西！

施魯特先生有一些書，借過我好幾次。我要把這些書留著，等哪天有辦法再還給他的家人。

這裡有兩張加隆艦長的海圖。一張是埃斯康迪塔，另一張是新幾內亞！

該隱，你看，這裡有封信！

是施魯特寫給科多·馬提斯的信！

我們得馬上交給他！

天曉得施魯特會對科多·馬提斯這樣的海盜說什麼？

可以肯定的是，科多·馬提斯一定不會告訴我們！

嘿唷！孩子們！好久不見！

日安，科多·馬提斯。我們在施魯特的書裡找到了這封信。

給我的信？施魯特寫的？

對。

可以先讓我把信看完嗎？你們到那邊去等我。

他有什麼話想說？可憐的中尉。

「科多‧馬提斯，我的朋友，當您收到這封信時，我已然遠去，或已然不在。我們少有交談的機會，這顯然是因為我那僵化的訓練使然。身為德意志帝國海軍軍官，我無法隨意披露真心。不過，寫信的此刻我意識到，天哪，我正在這麼做，只為了將一個祕密託付給您。我知道您很疼愛潘朵拉和該隱，因此我想把自己知道的這些告訴您，讓您能在必要的時候對他們伸出援手。修士的真實身分，就是托馬‧葛羅斯維諾，他是潘朵拉真正的父親。這女孩還以為，托馬只是那位在她母親瑪格瑞塔和塔迪歐‧葛羅斯維諾婚禮之夜火災中喪生的伯父。」

「潘朵拉以為的父親，其實只是她的叔叔，或說繼父。這件事，我是在修士發狂時得知的。這也是何以修士第一次見到潘朵拉時，會出現那種反應。當他知道我發現了這個祕密，就發誓要除掉我。對他來說，身為葛羅斯維諾家族成員這件事，比什麼都來得重要。」

「南太平洋海域乃由某個家族所支配，那個家族便是葛羅斯維諾。說完這些，我也感到平靜許多了。我希望這封信不要落到別人手裡。那麼，止筆於此，親愛的朋友，再會了。我可以稱您為朋友，對吧？

施魯特
南太平洋
1914 年 12 月 25 日」

「修士」是潘朵拉的父親？那麼，他為什麼不娶她的母親？那個女人叫什麼來著……啊，瑪格瑞塔！

可能她已和他的弟弟塔迪歐訂婚，抑或他想成為牧師的意志更勝其他？

不對，牧師一樣可以結婚。想必是瑪格瑞塔發覺自己即將釀下大錯，才藉由嫁給塔迪歐來擺平這一切。哎哎！這實在太荒謬了。可憐的施魯特，若不是他過分自恃，他大可把這封信交給葛羅斯維諾指揮官啊。

根據德意志帝國海軍的規範，他就不會死，反而可以活下來，若以好的方向來解讀的話！

嘿！孩子們！我要去見葛羅斯維諾指揮官。晚點見，你們別跑太遠。希望在離開之前可以跟你們道別！

在葛羅斯維諾指揮官的屋裡……

指揮官，我前來是想說，也許您能下達釋放哈斯普汀的命令，我們準備要離開了！

科多·馬提斯，您開什麼玩笑。哈斯普汀這幾天就會遭到審判，死刑的審判！

噢不！您已經執行了一椿死刑，施魯特先生的，我想這已經夠了！

您瘋了，請馬上離開！

不！我愛待多久就待多久！首先，讓我跟您說個小故事。

很久很久以前，有個叫托馬·葛羅斯維諾的人，因為無法跟懷著他骨肉的瑪格瑞塔結婚，於是放火燒了他們暗通款曲的屋子，就在這女人嫁給他的弟弟塔迪歐那天。

夠了！狗雜種！

UEE！

吃啊啊啊！

您這手段實在不光彩！科多·馬提斯！

沒錯，但倒在地上的是您！

葛羅斯維諾！實際上，修士就是您的弟弟托馬，也是潘朵拉的父親。現在，您知道何以我準備帶哈斯普汀離開了吧？說我趁火打劫也行！

不過，您對哈斯普汀也沒半點好感，何必救他？

為了搞你！葛羅斯維諾！為了釋放哈斯普汀，您可要傷透腦筋，想辦法在總部面前自圓其說。

別以為殺了我會有用，謀殺罪會讓您的生涯斷送在軍事法庭。還有，要是您想指控我從事海盜行為，我會把我知道的一切告訴我的律師，您一樣跳腳。這是我替可憐的施魯特中尉復仇的方式。您確實卑鄙地陰了他。我走了，葛羅斯維諾，不要哪天跟我狹路相逢！

嘿！你在放空啊？我們準備走人啦……總算！

唔……

給我聽好，哈斯普汀，我救你可不是要討你歡心，而是替指揮官找點事做。所以，我怎麼說你怎麼做，就這樣！

好啦，我照你的吩咐就是。你知道我內心深處可是很欣賞你的，我永遠不會忘記……

你為我做的一切……不，什麼都不要說，我欠你一條命，我跟你發誓，交了我這樣的好朋友，你永遠不會後悔。

又來！又開始胡言亂語了。我還寧願跟壽蜘蛛交朋友。

啊！科多、科多，別這樣！你不曉得拒絕我的友誼，是多大的損失！

好了啦，哈仔！重要的是，我們要閃了，今天以前。趁葛羅斯維諾還沒改變主意！

軍人會做出什麼事我們永遠不知道，出爾反爾是家常便飯……

我們開你那艘雙桅小帆船，然後去皮特肯。跟著塔基甲彭離開的修士應該會在那附近！

備好一切，等退潮我們就出發，我要跟孩子們道別，我去去就回！

到處都是軍人，這島已經不再是從前的島了！

史布罕多林，我來道別啦！我會帶走哈斯普汀，希望之後一切順利！

少了卡尼歐應該會有點辛苦，但你一定辦得到。小心那些軍人！

沒什麼差別啦。科多！

看吧，壞事未必會帶來毀滅。跟著修士，我們學了很多。跟著傳教士，我們又學到其他東西，而跟著現在這批人，我們會再認識新的事物。不過，可以肯定的是，同樣的錯，我們不會犯第二次！很遺憾你要走了，科多·馬提斯。你試著融入我們，你也幾乎做到了，只差臨門一腳……

哦是嘛？所以還差什麼？

膚色！

不妙，史布罕多林，你說話的方式開始像白人了！

再會了，科多·馬提斯！歡迎隨時回來！

天曉得。也許哪天我們會再重逢。再會了，史布羅多林！

反魚雷艦甲板上……

你在做什麼？

他在沉船「阿爾戈號」旁邊停了下來……

阿爾戈號？

嗯，「阿爾戈號」！就是那艘殘破的縱帆船，這名字是我取的。卡尼歐跟我說，幾年前，科多·馬提斯就是開著那艘船來的。看他這樣靠著自己從前的船，

讓我想起孤獨的伊阿宋，他的「阿爾戈號」擱淺在森林時，他在船旁邊哭泣的畫面。那是尤里比底斯的《美狄亞》裡面很美的一個段落。科多·馬提斯就像伊阿宋，而「三聖女瑪利亞」，即那艘沉船真正的名字，就像阿爾戈號。走，我們先來跟他道別吧！

來吧，潘朵拉，你在等什麼？

我想留在這裡，我不喜歡道別！

再會了，朋友，期待再相見！

再會了，科多·馬提斯。Iaorana!

再會了！

你很捨不得離開對吧？我也是，我很不想丟下這些朋友！

科多！科多·馬提斯！

該隱！

是道別的時候了！

正是如此，該隱！我走了！

嗯！

潘朵拉想跟你說再見想瘋了，但她就是不肯來！

她在哪？

在反魚雷艦上。

嘿！羅曼蒂克小珍珠！

＊譯註：帕特在此借用了愛德華鐸・阿羅拉斯（Eduardo Arolas, 1892~1924）之名。他是阿根廷知名的探戈作曲家、班多尼翁手風琴演奏家，有「班多尼翁之虎」（El Tigre del bandoneón）的稱號。

科多·馬提斯，我能拜託您一件事嗎？

當然，塔奧！

我想要上你們的雙桅小船，然後……

我一直想邀你，塔奧。我只是在等待時機，不想強迫你。很高興你願意跟我一起走。你是我心目中最好的舵手，上來吧。

永別了，該隱！

為什麼說永別？

我們住在科德角的一間大房子裡，中間有道很美的大門。很容易找。

科多·馬提斯，你想帶誰來都可以，這份邀約永遠有效。

再見了，朋友。再見！別忘了我，你們……**你們是世上最好的朋友！**

如同信天翁白色的翅膀憩在太平洋單調的呼吸上，真正的水手，掛起了帆，漂泊，如常，昨天、今天，1915 年 1 月的某一天，《鹹海敘事曲》畫下了句點……

HUGO PRATT

漫畫｜雨果・帕特 Hugo Pratt

1927 年生於義大利里米尼（Rimini），童年在威尼斯度過。18 歲開始投入漫畫創作，早期在義大利、阿根廷、英國的雜誌上都可看到其作品。1969 年，他在《Pif Gadget》雜誌的主編喬治・里爾（Georges Rieu）的邀約下，落腳於巴黎。隨後，他決定以自己之前發表過的片段《鹹海敘事曲》裡次要的角色：「科多・馬提斯」為核心，開拓出一系列故事，未料因此在法國聲名大噪，繼而聞名國際。帕特以「繪畫文學」來定義自己的作品，其漫畫、平面作品、水彩在世界諸多博物館展出，也經常被許多作家、藝術家所引用，諸如提姆・波頓（Tim Burton）、法蘭克・米勒（Frank Miller）、艾伯托・艾可（Umberto Eco）等。2005 年，獲選進入威爾・艾斯納名人堂（Will Eisner Award Hall of Fame）。

翻譯｜陳文瑤

中法文口筆譯者，藝評人。獲法國高等社會科學院藝術與語言科學博士第一階段深入研究文憑。目前譯作以圖像小說為主，人文社科為輔，諸如《那年春天，在車諾比》、《消失的維納斯》、《吞吃女人的畫家》、《低端人口：中國，是地下這幫鼠族撐起來的》、《非地方：超現代性人類學導論》等。